魔豆

炮灰要向上

vol.3

穿越變成末世戰士

香草——著

炮灰要向上 vol.3

目錄

第一章·穿越到末世！

聽到這次堇青又是沒有在鏡靈空間待多久便要離開，團子嚶嚶嚶地控訴：「現在青青已經不喜歡我啦！每次回來後都急著離開去找那個野男人！」

說罷，大顆大顆淚珠從團子那雙紅色的眼睛滑落，長長的兔耳朵也悲傷得垂了下來，看起來實在可憐得很。

堇青被它吵得頭都痛了起來，她覺得自己簡直就像個紅杏出牆的壞女人，特別地無情特別地渣！

「好啦！別哭了。雖然他是我的愛人，然而團子你是我的搭檔，對我來說也是很重要，是無可取代的。」堇青安撫道。

團子其實也不是眞的傷心，只是想嚎一嚎嗓子來引起堇青的注意。被她安慰了幾句立即高興起來，實在很好哄。

將團子哄得笑逐顏開後，堇青便投身到新的世界去。

當堇青重新恢復意識，便見一張爛掉了半邊的臉張牙舞爪地向她撲來！

還沒來得及了解發生什麼事情，堇青便下意識把手中握著的東西向那張噁心的臉揮過去。出手後才後知後覺地發現她握著的是一把長刀，這一揮更乾淨俐落地把眼前的敵人斬首了。

「這是……喪屍？」堇青訝異地喃喃自語。看著那顆骨碌骨碌在地上滾的人頭，上面那張臉半邊都爛了，眼球還掉了一顆，怎樣看也不屬於活人的。然而事實上，堇青剛穿越過來時，眼前這個敵人仍在鮮蹦活跳。

饒是堇青曾穿越到不少小世界進行任務，這還是第一次才剛穿來便遇上這麼危急的狀況。

敵人並不只剛剛堇青幹掉的那個，還有幾隻喪屍活動著僵硬的關節向她走來。這些喪屍不僅外貌血腥噁心，隨著它們的接近，還傳來陣陣令人作嘔的屍臭味。

「……團子，你該不會還在生氣我急著離開鏡靈空間，故意把我丟到這麼噁心的世界來報復我吧？」

「當然不是呀！基本上，青青妳的穿越是以與原主的靈魂融合度來決定穿越的身分，人家只能從中做出少許干涉，找個倒楣些的命運軀殼方便妳穿越以後逆襲而已。青青妳怎能冤枉我！」團子再次在堇青腦海中嚶嚶嚶。

不過這次堇青卻沒有空來安撫它了，她正忙著接收原主所留下的記憶。接收記憶與手上的動作兩不誤，堇青邊出手解決眼前的喪屍，邊從原主記憶中了解目前的狀況。

團子也知道堇青現在處於生死存亡之際，申訴了冤屈後便閉上嘴巴不再說話，以免令她分神。

幸好堇青每一次穿越都會抓緊機會學習各種有用的知識，雖然她不曾試過穿越成習武之人，可是無論是與堇青初次相遇時的陸世勳，還是上一世的戀人安東尼奧，皆有著超強的武力值。他們閒暇時會教堇青一些簡單的武術，不求她變成武藝高強的高手，但求遇事時有著自保之力。

堇青在練武方面的天分雖然比不上戀人，可也算頗有天賦。再加上她對學習任何事物都很上心，人亦勤奮，即使在武力值爆錶的戀人前不值一提，然而在這一個人們都依賴著現代化武器作爲攻擊手段的時代，卻已能稱得上是個武林高手了！

因此面對這些行動緩慢的喪屍，雖然受到視覺與嗅覺的雙重傷害，但堇青還是輕而易舉便能用手上的長刀把這些喪屍都斬首。

在堇青解除危機的同時，她亦把原主的記憶全部接收完畢。

這個小世界的確如堇青所猜想般，正值滿布喪屍的末世。就在不久之前，恐怖組織研究出一種新型病毒，並發動「聖戰」，把病毒投放到大氣中。

很快地，人類迅速遭到感染，無數人陷入高燒昏迷。大約三分之二人口都捱不過高熱而死去，只有少部分人活了下來。

恐怖組織的病毒似乎激發出人類的潛能，而且這種能力在人體被逼至極限時還有著進化的可能性。那些活下來的人之中，某些人因爲病毒而產生了不同程度的「進化」——有些人的五感變得更加敏銳，有些人變得力大無窮，有些人擁有了卓越的自癒能力……像原主，她的體能便獲得進化，無論是速度還是力量，都有了明顯的增長。

也慶幸人類有了進化，才能夠捱過末世剛剛降臨的這段艱難時期。

某些槍械合法化的國家，人民在末世之初因爲依靠熱武器的保護而有較多人口存活下來，然而當各種物資逐漸耗盡，他們卻無法適應末世環境。到了後來，發展上反倒不及那些槍械管制較嚴謹的國家。

可惜原主雖然努力活到人類安定下來、社會重新制定新秩序的時候，但那時她已成了一個跛足斷手的殘廢，最後還被人害死。

而原主之所以會落得如此田地，都是因爲她的同伴……

解決完喪屍後，堇青的目光落到旁邊的玻璃上，玻璃反映了她此刻的容貌。十八歲的年紀，臉龐還帶著少女的青澀，有著一頭俐落的短髮，長相秀麗，然而剛毅鐵血的氣質卻掩蓋了女性本有的柔美，給人很不好惹的感覺。再加上她此刻手裡拿著長刀，以及身上的風衣滿染喪屍血液，看起來更是一副生人勿近的模樣。

「姊姊，妳那邊好了嗎？」堇青身後傳來少女輕柔的嗓音，這聲音軟軟的、怯怯的，單是聽聲音便讓人覺得說話的人應該是個不諳世事的純眞少女。

還眞是說曹操，曹操便到。

堇青道：「小嵐，你們可以出來了。」

此刻堇青正身處於一間雜貨店，聽到她的話以後，員工室大門立即打開，便見原主的妹妹堇嵐從裡面走出來，她身後還有一男一女兩個年輕人。女的是堇嵐的閨蜜陳家晴，以及陳家晴的男友，林景輝。

原主從小父母離異，父母各自組織了新的家庭，雙方都不願意接納原主與妹妹堇嵐。二人小時候跟著外婆居住，外婆過世後，原主便與妹妹領著父母給的微薄生活金過活。

只是父母各自有了兒女之後，自然不太顧及她們，每月生活金不只經常忘記匯款，數目還愈來愈少。因此原主只得小小年紀出來打工，努力賺錢供養自己與妹妹。

原主的妹妹堇嵐是個非常善良的人，簡單來說就是帶有神奇的聖母屬性，堇嵐總覺得人性本善，也相信好人有好報，只要善待別人，那麼好運便會眷顧自己。

堇嵐這種性格雖然過於天真，但生活在和平社會的時候也沒有什麼大不了，甚至她的善意也的確爲她帶來了讓人羨慕的好人緣。

然而當末世降臨，堇嵐這種老好人的聖母性格卻變得非常致命。

一開始，堇嵐要求帶著她的好友與其男人一起走，到後來還經常在途中撿人，都爲原主帶來各種麻煩。

堇嵐剛開始撿人時，她沒有阻止。可撿回來的人好吃懶做，根本不想冒險外出找物資。見堇嵐好說話，便各種賣慘示弱地偷奸耍滑，成爲了原主很大的負擔。

原主曾嘗試與堇嵐溝通，然而她從小習慣了當妹妹的依靠，本就不是個容易示弱的人；相較於那些賣慘的同伴，顯得太過強勢。堇嵐無法理解姊姊的難處，甚至還認爲她在末世中磨滅了同情心，變得殘忍冷血，對她感到無比失望。

姊妹倆因爲這事情鬧得很不愉快，在原主的堅持下，原本隊伍中的人全都得外出尋找物資，結果林景輝不幸被喪屍咬傷，堇嵐與陳家晴都記恨上了原主，認爲林景輝的死是原主所造成。

菫嵐撿的人不少是老弱婦孺，逃難過程中，原主受到同伴的拖累多次受傷，當眾人來到安全區時，原主已廢了一條腿及傷了左手。菫嵐雖然認爲是原主害死了林景輝，在到達安全區以後便與她分道揚鑣。但少女心裡還是善良的，擔心已殘廢的姊姊生存不易，每個月都會託人給她一筆生活費。

然而陳家晴心裡卻一直記恨著原主，甚至認爲對方在旅途中要求她尋找物資的行爲是在折辱她。因此來到安全區後，陳家晴便領了向原主發放生活費的任務，不只多次藉機羞辱她，更找了個機會把她引離安全區，將她推進喪屍群中餵喪屍了。

菫青覺得原主很傻，她看似冷酷，其實心很軟。原主捨不得離開從小相依爲命的妹妹，亦硬不起心腸把那些菫嵐撿回來的人趕走，最終才落得屍骨無存的下場。

人與人之間的感情從來是冷暖自知，菫青無法評價原主對妹妹的感情與縱容到底是對是錯，只是她卻很看不起那些明明靠著原主的接濟才能活下來，卻不感激，反倒指責原主虧待他們的白眼狼。

菫嵐三人從員工室出來，立即便被眼前的血腥場面嚇到。往日原主總是把危險的事情攬到身上，又怕嚇到妹妹，每次解決喪屍後只要情況許可，都會收拾一下，讓場面不致太可怕。堇嵐他們已習慣了原主會清理現場，現在突然看到這麼殘酷的場面，不禁嚇了一跳。

「姊姊……這些屍體……」堇嵐看著手握長刀、一臉冷酷地看向自己的姊姊，覺得對方好似有些地方不一樣了。

「以前是因爲末世剛至，我擔心小嵐妳會嚇到才多少收拾狀況的，可現在都過了好一陣子，相信你們已經適應得差不多了吧。收拾屍體需要不少體力，在這種時期，體力可是很重要的。」堇青理所當然地說道。

堇嵐雖然有些嬌氣，卻不是不講理的人。聽到堇青的話，強忍著看到血腥畫面的不適，點頭道：「姊姊說得是。」

聽到堇嵐的話，堇青眼神稍顯柔和，隨即看向林景輝手中握著的那把光潔如新的長刀，問：「剛剛出現喪屍，你明明手上有武器，怎麼躲起來了？」

林景輝神色瞬間變得尷尬，同時又有些意外與不滿，想不到一直不聲不響擋在

敵人面前的堇青，會突然質問自己爲何不出力。

但林景輝不滿的神情只出現短短瞬間，很快又變回溫和的模樣。要不是堇青爲了鑽研演技而特別擅於觀察人的表情轉換，說不定也會看漏。

林景輝解釋：「我看那些喪屍數量不多，堇青姊妳足以應付，便待在家晴與小嵐身邊保護她們。」

相較於林景輝和氣的解釋，陳家晴對於堇青質疑自己戀人的做法便有些不滿了，說的話顯得尖銳得多：「堇青姊，妳這是說什麼話呢，我跟小嵐都沒有什麼自保之力，景輝留在我們身邊也只是想要保護我們。何況妳又不是對付不了那些喪屍，幹嘛斤斤計較？」

堇青道：「長刀是我找回來的，給了景輝一把，便是讓他來幫忙抗敵。然而每次遇上喪屍他都躲在後方，根本幫不上忙。既然如此，倒不如我們分道揚鑣好了。雖然你們因爲小嵐的關係叫我一聲『姊』，然而我又不是眞的是你們姊姊，沒有保護你們的義務。何況眞的說起來，景輝還比我大一歲呢！」

陳家晴與林景輝想不到堇青會說得這麼直接。老實說，一開始他們喊對方「姊」，也是看中了堇青總是默默出力又不計較的性格，想著把最苦最累最危險的事情推到對方身上。現在被堇青直接提了出來，彷彿心裡的小心思都被對方看出來似的，不禁覺得很是尷尬。

陳家晴惱羞成怒地道：「堇青姊，我們也有努力搜集物資，並不是沒有出力。妳怎能這麼想我們！」

堇嵐看了看閨蜜，又看了看姊姊，夾在雙方之間有些爲難。她上前拉了拉堇青的衣袖：「姊姊，妳別這樣……我看家晴他們也是很努力的……」

堇青嘆了口氣，恨鐵不成鋼地道：「小嵐，我看在妳的面子上已帶著他們這麼多天了，可妳仔細想想，這些日子以來景輝手上的武器用過多少回？不說以前，單是這次，妳看看他手上的長刀，上面可有絲毫血跡？他好歹是個男的，好意思拿著刀躲在我的身後嗎？」

堇嵐聞言愣了愣，細細一想的確如堇青所說，也就不再開口替林景輝說話了。

在陳家晴還想說什麼以前，堇青接著說道：「既然是一個團隊，有什麼事情就該好好溝通。我們有四個人，後勤搜集物資根本用不著三個人那麼多，我也沒有信心可以獨自一人保護所有人。因此我的想法是，要不我們分道揚鑣，大家好聚好散，我帶著小嵐走，也不會取回給你們的長刀；要不從此以後景輝與我一起擋在前面殺喪屍，後勤的小嵐與家晴也應該學會自保，妳們手上的球棒雖然沒有我的長刀鋒利，但也不是擺設。」

不同於聽到堇青的話而感到羞愧的堇嵐，陳家晴對堇青的責備與要求感到憤憤不平。

她覺得之前大家合作得好好的，現在堇青卻向他們發難，實在莫名其妙，說得好像他們都在偷懶一樣，明明他們都很努力呀！何況堇青又不是應付不了，何須斤斤計較地責備他們，一點兒也不給他們面子？

其實在團隊中，隊員互相照顧、危險各自分擔，是常識，斷沒有把所有危險事情推在一個人身上的道理。只是以前原主都對他們太好了，現在要求他們各自承擔風險，如此理所當然的事情，卻讓對方心生怨恨。「升米恩，斗米仇」說的正是如此。

林景輝見女友滿臉不服氣，連忙向她以眼神示意，以免她繼續說出激怒對方的話。

即使往後他得出力殺喪屍，林景輝也不願意與堇青她們分道揚鑣，畢竟像對方這種能夠信任、有實力又肯出力的隊友實在難得；林景輝亦沒有自信能夠單憑自己與陳家晴的實力在末世中求生，因此他無論如何也要巴著堇青。

於是他態度很好地認了錯：「堇青……說的對，之前是我考慮不周。雖然擔心家晴與小嵐，但也不應把抗敵的事情推給堇青獨力承擔，以後我會注意的。」原本林景輝習慣性地想喚堇青爲「堇青姊」，然而不久前才被對方指出自己的年紀比較大，即使他臉皮再厚，也喊不出那個「姊」字了。

雖然堇青的目的達到了，可她心裡其實挺失落的。因爲相較於對方答應她的要求，堇青更想與這兩頭白眼狼從此分道揚鑣，江湖中永不相見！

「那青青妳直接將人撇下就好了嘛！」團子早就看那兩個傢伙不耐煩了，立即提議。

「那可不行，這不符合原主的性格。OOC有違本影后的專業信條。」堇青道。

「……青青妳高興就好。」反正以堇青的手段也不會吃虧，團子不再多說什麼，待在一旁繼續剝花生看好戲了。

第二章·前往S市

雙方有了協議，離開時林景輝也不好意思再躲在堇青身後。不過他們本就駕車而來，雜貨店的喪屍都被堇青收拾了，離去時也很幸運地沒有遇上其他喪屍，倒是沒有給林景輝表現的機會。

上車後，眾人都沒有說話，陳家晴依然對堇青的責怪耿耿於懷，車內氣氛不太好。不過堇青對此並不在意，心想不與她說話更好，她可以好好考慮一下接下來該怎樣辦。

末世到來已有十多天了，人類社會完全失去了秩序，愈來愈多人離家出來尋找物資。

所幸現在很多基建都是自動化操作，因此水電還未斷絕。一開始人們還懷著待在家裡等待救援的想法，可很快他們便發現軍隊根本顧不上太多地方，於是在各種資源逐漸斷絕後，開始往一些較爲安全的城市遷移，建立了一個又一個安全區。

這些安全區，有些是國家設立的，更多卻是在末世後崛起的強者所設。

原有的秩序被打碎，世界迎來了群雄割據的時代。

堇青記得位處西方的S市因爲地理位置優越，再加上當權者管理得好，在陸續建立的安全區之中有著卓越的地位。難得的是當權者還與國家保持良好的關係，在後來國家開始把安全區收回來時，這裡是少有能和平進行交接的地方。

堇青打算趁現在大部分人還留在居住地觀望的時候，率先前往S市看看。

「可青青，妳這麼做的話，便會脫離原主的生活軌跡，失去了很多先知先覺的優勢。」團子擔心地道。

對此，堇青卻是撇了撇嘴，反問：「團子，你覺得我憑自己的力量，會過得不好嗎？」

感受到堇青不高興了，強大的求生欲驅使下，團子立即道：「不不！怎會呢？我家青青最棒了！」

聽著團子奶聲奶氣地表達出自己的諂媚，堇青不由得心裡好笑。

她可不想陪堇嵐玩救世主遊戲，還要與兩頭白眼狼日夜相對，眞是想想便感到折磨了。

生命誠可貴，遠離豬隊友！

何況根據原主的記憶，因爲撿了各式各樣的豬隊友，原主受此拖累一直在底層苦苦掙扎求存。

怎樣的生存環境及身分，註定了身邊的都是怎樣的人。直到原主死亡時，她身邊都是些同樣爲生存而掙扎的小人物。

堇青來到這個世界後，一直想要找到轉世的戀人。然而她有種強烈的感覺，原主遇上的這些人都不會是她的戀人。

堇青知道戀人是個有能力且堅毅的人，只要他投身到這個小世界，無論一開始是什麼身分，都不會寂寂無名下去。如果堇青一直走原主的老路，很有可能會與對方錯過。

根據前一個小世界的情況推測，戀人沒有上一世的記憶，因此只能由堇青去尋找他。在混亂的末世，要找一個連姓名與外貌都不知道的人本就困難重重，還因爲與那些豬隊友一起，增加自己尋人的難度，堇青覺得一點兒也不值得！

陳家晴家境很不錯，在堇青她們現在居住的T市中擁有一棟別墅。這棟在堇家姊妹眼中堪比豪宅的別墅，只是陳家晴的父親給女兒在T市讀書時的暫居之地。

喪屍病毒爆發時，原主正好到妹妹的學校找她，順道便救下了與堇嵐在一起的陳家晴與林景輝。

從學校撤離後他們爲了安全而聚在一起，全都住進了陳家的別墅。原主也因此覺得自己對陳家晴有些虧欠，才對她與林景輝特別照顧。卻不想想一開始原主救了他們性命，後來還帶著他們安全離開學校，這恩情難道還抵不上房租嗎？

只怪原主看起來雖然冷冷的，脾氣不好，可實際上卻是個老實人，才註定她明明實力不弱、敢打敢拚，卻還是被那些白眼狼欺負。

回到別墅後，堇青便提出要前往S市的決定，對此堇嵐與林景輝是反對的。他們覺得現在的生活還算安穩，待在別墅等待政府救援就好。

然而出乎堇青預料的是陳家晴的反應。她一開始聽到堇青要求離開時，神情陰沉，顯然同樣不贊成，可是當堇青提出目的地是Ｓ市時，卻一口應允了下來。

聽到堇嵐與林景輝反對，陳家晴爲了遊說他們，才把自己的身分和盤托出：

「我們去Ｓ市吧！其實我的父親是Ｓ市的市長陳偉業。」

眾人聞言忍不住訝異，就連堇青也感到很驚訝，想不到陳家晴竟然是市長千金，也難怪她這麼嬌縱了。

想到在原主記憶中，Ｓ市的當權者是葉家，陳家晴到達Ｓ市後也沒有獲得任何特別待遇；她的家人由始至終都沒有出現，甚至她還對自己的市長千金身分隻字不提。也不知道她的那位市長父親到底是被喪屍所殺，還是被人奪權時遇害了。

不過這些都不關堇青的事，原主所知曉的事情現在還未發生，堇青與陳家晴的關係也不好，自然不會多說什麼。

得知陳家晴的身分後，堇青一顆擺脫這個嬌縱少女的心更急切了。想想對方離家到Ｔ市升學，林景輝與堇嵐可說是她在Ｔ市最爲親密的人，可是那兩人竟然至今才知道她的身分，這實在細思極恐啊……該讚她一聲警戒心強、不相信任何人嗎？

不過董青覺得眞正厲害的人還是林景輝，對方得知女友隱瞞自己的身分後，沒有表現出絲毫不滿，可她卻知道這個人絕不是個豁達的人。

林景輝只怕仍在心裡介懷，可卻因爲女友能夠帶給他的利益而表現出不在意的模樣，並且迅速改變立場，支持前往S市；說出口的理由也很動聽，是不帶任何功利、很窩心的「希望家晴能夠與父母團聚」。

相較於頗有心計的林景輝，董嵐這個眞正的傻白甜，聽到對方的話後也不忍心好友有家歸不得，便同意了前往S市的建議。

既然大家有了共識，便決定當天收拾前往S市需要用到的東西後，隔天直接往S市出發。

在末世中，糧食是最珍貴的，至於物資如衣服之類的夠用就好。反正這是人禍不是天災，天氣並沒有因爲末世降臨而變得糟糕，沿途途經的商場有得是可以取衣服的地方。

眾人衣著以簡單爲主，基本上參考了國外野外求生節目的衣著，以透氣、防水、輕便、耐磨、防寒爲主，多層次穿衣讓身體擁有最大的靈活性。就連最愛美的陳家晴也不得不向現實低頭，穿起了不起眼的運動裝束。

現在正值秋末，這也是他們的幸運。涼爽的天氣降低了疾病的傳播力，至少在原主的記憶中，直至局勢變得相對穩定、開始有餘力處理屍體時，市內都沒有爆發嚴重的疫症。

行李收拾好以後，四人便把物資放到他們的越野車上。順帶一提，陳家晴的車是部華而不實的敞篷跑車，現在他們使用的這輛車其實是堇青找回來、原本屬於陳家晴鄰居的。

那位鄰居是野外活動的愛好者，這輛車經過他的改裝，各方面性能非常卓越。可惜它的主人遭到病毒侵襲，無法順利捱過去，在末世初始便成了喪屍，這輛車白白便宜了堇青他們。

因爲明天便要出發，幾人這天收拾好東西後皆早早上床睡覺，爭取明天能夠精神抖擻地上路。

然而堇青卻沒有立刻休息，而是敲響了堇嵐的門。

「姊姊？」堇嵐有些意外，但還是把堇青迎進房間裡。

堇青道：「我來看看妳的傷口怎樣了。」

今天料理晚餐時，堇青不小心撞到正在切肉的堇嵐，害她的手指切傷了。不過她其實是故意讓對方受傷的，之所以這麼做，是爲了接下來的「意外發現」。

堇嵐不知道這些，還以爲姊姊是心裡有愧疚才特意過來看自己，不由得笑道：「只是個小傷口，不礙事，現在已經完全不痛了。」

說罷，堇嵐爲了表現話裡的眞實性，還撕下手指上的ＯＫ繃，想讓對方看看傷口眞的已經沒有大礙。

然而當她看到ＯＫ繃下的樣子，整個人傻眼了。

只見她手指的皮膚光潔如初，哪還有絲毫受傷的痕跡！

雖然晚上切到手指的那一刀並不深，但的確出了血，傷口怎樣也不會只經過幾小時便痊癒得完全不留痕跡，這情況怎樣看都不正常！

見到堇嵐嚇得愣住了的模樣，堇青壓下勾起的嘴角，一臉好奇地探頭看向妹妹的傷口，隨即也露出驚異的神情。

沉默片刻，堇青一臉嚴肅地提議：「小嵐，就像我在末世後力量與速度獲得了提升，我懷疑妳的自癒能力也出現了異變。我們須要再確定這點，妳在身上再弄一個小傷口看看？」

堇嵐點了點頭，依言在手上再割出一道小傷口。果見傷口一開始像普通傷口般流血，然而血很快便止住了，隨即更以肉眼可見的速度開始癒合。從受傷到傷口完全痊癒，整個過程不足一分鐘！

堇嵐回憶晚上受傷時的情況，當時因爲傷口不大因此她並未在意，隨便沖洗一下後就貼上了OK繃。現在回想起來，要是當時不是顧著得煮晚餐，多注意一下傷口的狀況，說不定早已察覺到異常了。

雖說有堇青這個例子在前，可身體出現異常，堇嵐仍是感到有些擔憂與不安：「姊姊……我的自癒能力果然異變了嗎？」

堇青一臉喜色地道：「這不是很明顯的嗎，幹嘛哭喪著臉？這是大喜事耶！擁有強大的自癒能力，在末世中生存便更有保障了。」

見堇嵐聞言也露出高興的模樣，堇青嚴肅起表情告誡：「不過這件事我們二人知道就好。這是我們的祕密，妳別告訴別人，即使是家晴與景輝也不行。」

堇嵐愣了愣：「爲什麼？」

堇青解釋：「想想人類之所以會變成喪屍，是因爲感染了病毒所造成。既然妳的自癒能力有了異變，說不定妳還能夠對抗喪屍病毒……當然這些都只是我的猜想，不過既然我有這種猜測，別人說不定也有。」

說到這裡，堇青的表情變得更加嚴肅，續道：「現在誰都想找到抑制病毒的方法，即使只是猜測，也可能會讓人瘋狂。如果小嵐妳不想被人關進實驗室當小白鼠，那這件事情便誰也不能說。」

堇嵐顯然被堇青的話嚇到了，連忙保證這事情就只有她們二人知道。

當堇青回到房間後，團子悶悶不樂的聲音便傳來：「青青，妳是特意把這事情告訴堇嵐，讓她能夠更早知道自己的能力嗎？可是那個堇嵐也不是好人，她可把自己姊姊害得慘了。」

堇青搖了搖頭，道：「原主的事也不能全怪她，縱容她的原主本身也有責任。而且堇嵐的出發點是好的，只是太過天真又不自量力。現在堇嵐還沒有做出任何對不住我的事情，看在她與這具身體有血緣關係的份上，就當是我在離別以前給她的禮物吧。」

聽到堇青這麼說，團子又開心起來：「所以青青不打算與堇嵐一起走對吧？」

堇青笑道：「決定她去留的從來都不是我，而是要看她的表現。要是她仍像原主記憶中那樣胡亂發揮自己的同情心，那我就只能與她分道揚鑣了。在此之前我會好好照顧她，算是替原主盡些心意吧。」

其實堇青並不討厭像堇嵐這樣善良的人，甚至要是在其他世界，她還很樂意與這種人做朋友。

只是在現在這種人吃人的世道，堇嵐這豬隊友的「殺傷力」往往比強大的敵人還巨大。很多時候，身邊的隊友比敵人更能左右自己的性命，堇青可不會因爲感情用事而讓自己陷於危險中。

知道堇青沒有被堇嵐迷惑，團子高興地哼哼兩聲，便沒再多說什麼。

隔天一早，眾人便離開別墅，開始了前往S市的旅程。

S市距離T市並不算很遠，駕車的話原本大約四至五天便可到達。只是因末世降臨，人們突然大規模受到病毒感染而陷入昏迷，造成不少交通意外，許多道路早已癱瘓，因此他們要去S市得繞不少路。

「青青，他們都答應與妳一起走了，那接下來怎麼辦？妳不就要與他們一起去S市，無法擺脫他們了嗎？」團子擔憂地詢問。

昨天堇嵐等人否定前往S市的建議時，團子還心裡暗喜，覺得堇青可以順利甩掉這些人了。誰知道後來事情卻來了個逆轉。

堇青對此卻一點兒也不擔心：「既然彼此的想法與理念不同，那麼終會有鬧翻的一天，我並不覺得能夠與他們相安無事地走到S市。在此之前人多也好辦事，與他們同行並沒有損失。」

有了堇青昨天的敲打，這天陳家晴與林景輝也不好意思再躲在堇青身後，出力不少，四人之間的氣氛很和諧。

市內交通要道大部分都阻塞了，幸好這幾天他們觀察過哪些道路能夠通行，才沒有在離開T市時因爲道路阻塞而被喪屍圍堵。

即使已做好準備，又有擁有原主記憶的堇青時不時地引導，可一直在繞遠路的一行人還是花了大半天的時間才離開T市。

而就在這時，堇青的預感成眞了，堇嵐果然又開始同情心氾濫。

當他們車子駛離T市時，一名抱著嬰兒的婦人揮著手，遠遠便向他們跑過來。害怕撞到婦人，駕車的林景輝便想把車停下，然而堇青卻冷聲說道：「直接開過去。她看到我們沒有減速，不敢眞的攔住我們的。」

堇嵐不贊同地道：「姊姊……這樣不好吧？說不定她有事需要我們幫忙……」

堇青卻不理會妹妹的話，再次冷冷重申：「我說直接把車開過去。」

其實林景輝看著這個怎麼看都代表著「麻煩」二字的婦人與嬰兒，內心也不想停車。聽到堇青這麼說，臉上裝模作樣地露出了不忍又爲難的表情，順水推舟地把車駛過去。

果然如堇青所料，婦人看到車子沒有減速後也不敢眞的攔在前面，只得眼巴巴地看著汽車離開。那副抱著小嬰兒、呆站在路上目送他們離去的模樣，怎樣看怎樣可憐。

陳家晴小聲抱怨：「堇青姊也太無情了吧，那個婦人這麼可憐，而且還帶著這麼小的孩子。我們擠一擠也不是不能空出位置，載她一程又如何？」

其實陳家晴與林景輝一樣，要是眞的讓他們拿主意，也是絕對不會理會那個婦人的。只是既然堇青率先表態，她便口不對心地說出不認同的話，好展現一下自己的善良，典型的「當了婊子還要立牌坊」。

然而堇嵐卻是眞心可憐那對母子，好友的話說中了她心裡所想。她無法理解從小很照顧自己的姊姊，爲什麼會突然變得那麼冷血。

「姊姊，那人抱著嬰兒，在末世中要怎樣生活？我們折回去載她一程吧！好不好？」堇嵐哀求。

堇青嘆了口氣，無奈地看向妹妹：「小嵐，不是我狠心，而是現在我們都自身難保了，要如何多帶一個人？妳有沒有想過，那婦人要照顧孩子，根本無法外出尋找食物，這意味著我們得多找一人份的物資。現在不比末世剛開始的時候，很多店舖已被人掃空，找食物只會愈來愈困難。要是我們眞的無法繼續供養他們，到時候怎麼辦？再把他們丟下車嗎？」

聽了堇青的解釋，堇嵐卻沒有絲毫退縮：「那也是將來的事情！未來的事誰也說不準，可現在就有需要幫助的人在眼前，而我們還有餘力幫忙，那爲什麼不做？要是將來眞的顧不及他們，到時候再說就好了。」

董青無奈地看著固執的妹妹，表情就像在看一個無理取鬧的孩子：「末世來臨已過了一陣子，妳也應該對喪屍很了解才對。難道妳忘記了嗎，喪屍依然保留著人類的活動能力與感官，對血腥味與聲音還特別敏銳。小嬰兒經常哭泣，哭聲會引來喪屍。妳能確保把那對母子接上車，真的不會將我們害死嗎？」

董嵐並沒有想得那麼仔細，聽到董青的詢問，頓時愣住了。

雖然她很想救下那對母子，可是對於董青的質疑卻完全不敢擔保。甚至心裡明白，他們無法控制還未懂事的嬰兒不發出聲響，若與那對母子同行，招來喪屍的機率可說是百分百。

董青不爽林景輝兩人明明也不樂意接載那個婦人，卻裝成一副聖母模樣，甚至陳家晴還出言挑撥離間。於是她雖看出董嵐已經動搖，卻仍表示妥協：「好吧……雖然我並不贊成接走那對母子，可這團隊不該是我一個人說了算。要是景輝與家晴也覺得小嵐的提議比較好，那我們便折回去吧。」

林景輝與陳家晴想不到董青會突然把決定權交到他們手上，剛剛前者才一副很同情婦人的模樣，後者更出言替她抱不平，現在堇青這麼說，心裡根本不願意接濟婦人的他們便騎虎難下了。

最後還是林景輝臉皮比較厚，知道他們再不表態，堇青說不定眞會讓他折回去把人接走，便道：「先前我沒有多想，然而聽堇青妳提及嬰兒哭聲的危害，雖然很對不起他們，可是……我是個自私的人，捨不得讓家晴陷入危險裡……」

陳家晴也很有默契地露出感動的模樣看著戀人：「景輝……」雖然她沒有直說，可那副「戀人說什麼便是什麼」的態度，已很明顯表達出她的選擇。

堇嵐本就對是否該接濟婦人一事產生了動搖，現在看到兩人也不贊同她的建議，便不再堅持。

團子詢問：「青青，妳爲什麼不告訴他們並不是妳狠心，而是那個嬰兒早已死去，而且還有人躲在一旁埋伏？那個女人根本就是利用路人的同情心，要是你們眞的下車，她的同伴便會衝出來攻擊你們。」

在那個婦人抱著嬰兒攔車時，團子立即發現出異狀，並且告訴了堇青。

團子不明白堇青爲什麼不把事情說出來，堇嵐再聖母，也不會明知是陷阱也要栽進去吧？

堇青不在意地說道：「即使我說出那個女人可疑，可我也沒有證據啊！何況無論那個婦人是想要求救，還是這是一個陷阱，我都不會順從堇嵐的心意停車。這次正好藉著這件事讓她知道我的底線。幫人可以，但必須是自己行有餘力的情況下。爲了幫助別人而讓自己與同伴身處危險之中，這是多愚蠢而且不負責任的事情！」

團子問：「可如此一來，妳不怕堇嵐心中不滿，像誤會原主那樣誤會妳嗎？」

堇青聞言勾起了嘴角：「我可不是原主，會因爲對同伴無限容忍而被拖累。要是對我不滿也沒關係呀，那便早些拆夥，我一個人也樂得輕鬆。」

團子哼哼道：「人類眞是麻煩，明明青青妳只要直接走掉就好。」

堇青也學著團子哼哼道：「既然決定繼承原主的身分，我可不會輕易OOC，這可是關乎我專業水準的問題呀。反正現在又沒什麼事，旅途那麼沉悶，不找些樂子可不行呢！」

第三章·爭取營地

末世才剛到來，人們還沒走到山窮水盡的境地，大部分人仍選擇躲在市區等待政府的救援，因此離開市區的人並沒有多少。郊區本就少人居住，人少，喪屍自然也少。堇青等人離開城市後，倒是獲得了難得的寧靜。

堇青看了看地圖，指向其中一處提議道：「我們今晚就在這裡休息吧。湖邊人跡稀少，且喪屍不會游泳，這個位置在晚上守衛時只要防範一個方向就可以了。」

堇青指出的地點三面都是水，從高空看，就像湖邊有塊陸地特別凸進了湖內。要是在這裡紮營，那就只要防守一個方向即可，是個非常適合他們過夜的位置。

身處末世的這段日子，堇青提出的意見都很正確，她已隱隱成了幾人的首領。無論其他人對她懷有什麼想法與不滿，至少在行動的安排上對她還是很服氣的。

三人對堇青的提議沒有異議，駕車來到她指示的區域，卻發現已經被另一隊人馬捷足先登了。

林景輝問：「怎麼辦？我們要選其他地方嗎？」

堇青想了想，附近不是沒有其他位置適合紮營，但這裡卻是最好的。見對方人數並不多，只比他們多出一個人，而此處同時容納兩隊人馬絕對綽綽有餘。

因爲不想屈就次一等的位置，堇青決定試著與那些人溝通。要是對方不介意他們在旁邊紮營，那自然皆大歡喜。即使對方不願意，他們也沒有什麼損失。

於是堇青便往早一步佔了這區域的幾人走去，試圖與他們進行交涉，心裡暗暗期望這些人會好說話一些。

此時天色開始昏暗，這幾人已築起了火堆。雖然秋末的天氣算不上很寒冷，然而夕陽西下後仍泛著冷意。堇青接近火堆時感受到火焰傳來的溫暖，不由得舒緩了一下眉眼。

堇青本就長得不錯，只是因爲總冷著一張臉，讓人覺得不好親近，這才遠沒有妹妹堇嵐受歡迎。不過這也是沒辦法的事情，兩個女孩子相依爲命，總容易受人欺負，必須有其中一人當那個不好惹的角色才行。

現在堇青放鬆了臉部表情，然而一身凜然的氣勢依舊，反而讓她擁有其他女生所沒有的魅力。那幾個原本因爲堇青等人接近而暗自警戒著的人，不由自主地對這個走在前頭的女生多打量了幾眼。

那些人打量著堇青的同時，堇青也在暗暗評估這些人的實力。眼前的五人圍著火堆坐，其中只有一位女性，她與一個高壯的青年親密地坐在一起，兩人應該是情侶的關係。

另外三名青年，一個戴著眼鏡、高高瘦瘦的，看起來是個溫和好相處的人；一個是有著娃娃臉的鬈髮青年；還有一個神情冷酷、像殺神般，彷彿散發著黑暗氣息的人。

這些人包含那名女性在內，都讓堇青感受到一股不一樣的氣勢，就連那個娃娃臉男人也讓她覺得很不好惹。特別在他們看到自己接近時，迅速做出的警戒動作，她更覺得拿自家的豬隊友與他們相比，簡直是丟人現眼。

五人之中最讓堇青警惕的，便是那個面向火焰的冷峻青年。這人身材高瘦，瘦削的臉上呈現不健康的蒼白，看起來像平常總是待在室內、不會接觸陽光的人。

也幸好這人長得俊，雖然又瘦又蒼白，卻一點兒也不難看，在高顏值的影響下，讓堇青覺得他像個冷傲的吸血鬼，而不是個被毒品拖垮身體的吸毒者……

不過堇青一點兒也不會看輕這個人，因爲他的同伴隱隱以這個青年爲首，這人應該便是這個團體的首領。

想到這點，堇青就對這個青年羨慕萬分。想想她這段時間都像個保母似地帶著幾個高齡兒童到處跑，想想便覺得心累。

她也好想像這個青年一樣，擁有能夠託付後背的戰友呀！

察覺到來者沒有惡意，這些人沒有因堇青的接近而做出攻擊舉動，可她看出他們仍未完全放鬆警戒。那名戴著眼鏡的男生上前，詢問：「請問有什麼事情？」

堇青與對方互報姓名，得知青年名叫「王凱東」，並把自己的來意告知他們。堇青強調己方只是想找個地方休息，絕不會打擾到他們。

堇青的要求很簡單，王凱東想起對方隊伍中有三個女生，在末世中生存本就不容易，聞言不禁有些心軟。只是這事情他也拿不定主意，便轉向冷峻的青年，問：

「曉明，你怎麼看？」

聽到王凱東的話，堇青在心裡吐槽著這麼一個黑臉神的名字竟然叫「曉明」，如此光明的名字實在與對方一點兒也不相襯時，那名冷峻青年已把視線投向了堇青身上。

被對方那雙深淵般的墨色眸子盯著，感受到對方傳來的殺意，堇青頓時心裡發怵。

然而這種退縮的心情只出現一瞬，很快便被戰意取代。

這種殺意堇青不只一次在過去戀人的身上感受過，這是眞正見過血的人才有的氣息。只是戀人的殺意從來不會衝著堇青而來，因此剛剛直接面對那個叫曉明的青年時，堇青才會有瞬間的不適與膽怯。可很快地，強大的心理素質便讓她調整過來，甚至心裡還生出了與對方一戰的念頭。

雖然比不過戀人，然而她有自信在這個以現代爲背景的世界，曾學習過的武藝不會輸給別人。現在堇青欠缺的只是對戰的經驗而已，難得遇上好對手，頓時手癢癢地想與對方切磋一番。

對方顯然也感受到堇青的戰意，看著眼前躍躍欲試的少女，葉曉明冰冷的眼中出現一絲波動，問：「你們想在這裡紮營？」

堇青頓時想起正事，連忙壓下心裡不合時宜生起的戰意，點了點頭。

葉曉明聞言勾起了嘴角：「那好，妳與我打一場，要是妳勝了的話，位置便分給你們，不然……」

葉曉明頓了頓，微笑著說出最後一個字：「滾！」

聽到葉曉明的話，一旁的王凱東等人全都露出了一言難盡的表情。

一開口便邀人家小姑娘決鬥，而且語氣還這麼挑釁！

誰教他們的首領是個戰鬥狂呢？

而且還是個在末世來臨時，因爲同伴的背叛而性格變得陰冷的戰鬥狂！

只是他們不明白了，葉曉明雖然遇上高手時總會忍不住想與對手切磋，可這只限於武藝高強的高手。

但堇青怎麼看也只是個普通的女生，就算因爲病毒而讓體能有了進化，可一個沒有經過訓練的普通人，怎樣也不會是他們的對手。

自家首領藉著對方有所求而要求與她對戰，怎麼看都像在欺負人家女孩子啊！

要說葉曉明是不是看中了堇青，故意這麼做想要引起對方的注意？身爲葉曉明髮小的王凱東看著卻又覺得不像，光是聽他剛剛對堇青的話也太不客氣了。

再怎樣對感情不開竅，也不會對喜歡的女生說「滾」吧？

偏偏那個堇青也是個妙人，對於葉曉明惡劣的態度完全不以爲然，聽到對方下戰書時還雙目一亮，欣然應允下來：「好！」

葉曉明對於堇青的反應有些意外，但也沒有太在意。看了眼她腰間佩著的長刀，便取過他們平常用來練習的長刀，一把自己拿著，另一把則遞給了堇青：「這兩把刀刀刃沒有開鋒。」

堇青揮了兩下熟習著手中的長刀，心想這些人果然不簡單。普通的平民百姓外出尋求救援都恨不得把所有家當帶走，他們倒好，還空了個位置帶著訓練用的未開鋒長刀。

不過萍水相逢，這些人的背景如何董青並不在意，她現在只想著怎樣把眼前這個看起來不好惹的人打倒，好在今晚獲得一個休息的好位置。

一旁董嵐擔心地說道：「姊姊不會有事吧？」

陳家晴安慰：「沒事的，不是說那兩把刀都沒有開鋒嗎。」

嘴巴這麼說，她心裡卻想著讓董青吃些虧才好。身為市長千金，她過的從來都是別人捧著自己的生活，明明先前董青都把困難與危險的事情做了，可現在卻要求他們也要幫忙，這讓她怨恨起對方來。

即使知道董青受傷對他們也沒有好處，然而她卻無法控制心裡的陰暗情緒。

要不是現在還需要董青帶她到S市，陳家晴都恨不得董青被對方幹掉才好。不過想到只要到達S市便是她的地盤，到時候自然有得是機會整治對方，她的心情便舒坦了不少。

林景輝也安慰董嵐：「放心吧，小嵐，我想董青姊有分寸的。」臉上和藹可親的表情滴水不漏，立即獲得董嵐感激的注視。

王凱東等人注意到他們的對話，看向一臉擔憂的堇嵐，發現少女與堇青長得相像，一看便知道是有血緣關係的親屬，都不忍心告訴他們葉曉明從小便接受武藝訓練，原本已強得不像人了，自從受到病毒的影響，身體各方面指數更有驚人的提升，簡直厲害得要上天！

即使兩人使用的是沒有開鋒的長刀，可對戰的人是不懂得憐香惜玉的葉曉明，堇青的下場只怕不會太好啊……

然而當堇青與葉曉明正式對決，完全不看好堇青的王凱東等人下巴都要掉在地上了！

他們本以爲會一招落敗的堇青，竟然與葉曉明打了個勢均力敵！

相較於葉曉明從生死中鍛練出來的凌厲攻擊，堇青卻是走靈活的路線，還特別擅長纏鬥。發現與對方硬碰硬落不了好以後，堇青不走尋常的路改刁鑽出手，被她糾纏上便很難甩得掉。

再加上堇青兩人的速度本就不是常人能及，觀戰的眾人看著堇青在葉曉明身邊繞圈子，眼睛都要追不上了，也難爲葉曉明能夠準確地擋住她刁鑽的攻擊。

不知道這少女爲什麼有這麼多的鬼點子，就連有豐富對戰經驗的葉曉明也有幾下差點兒被她陰到了。

而且她顯然與葉曉明一樣，體質因爲病毒而獲得了提升，簡直已跳出常人的實力範疇。雖然力量比葉曉明略遜一籌，但速度卻讓人感到驚艷。一行人也發現，堇青應該學習過古武術，每次出手都帶著一種說不出的古韻，讓人覺得賞心悅目。

葉曉明的攻擊雖強，卻打不到堇青。堇青的攻擊再刁鑽，也都被葉曉明擋下。最後兩人誰也奈何不了誰，只能以平手收場。

眾人欣賞了一場精彩的決戰，都覺得眼界大開，王凱東等人一改先前面對堇青時的漫不經心，看向她的目光都帶著敬意。

堇青心裡暗叫好險，雖然她看似與葉曉明勢均力敵，可都是來自於兩個小世界的武術所帶來的優勢，才能讓她暫時不落敗而已。

也就是說，雖然她所學習的武術程度領先於這個世界，然而論體力與持久力，她都比不上對方，要是戰鬥時間延長，她最後必定會輸。

以葉曉明的實力，不應該察覺不到這點，然而最後二人還是以平手收場，也算是故意放水給她，認可了讓他們在旁邊紮營了。

這讓堇青心裡感激，她一手把被汗水浸濕的劉海撥到腦後，另一隻手友善地伸向葉曉明。雖然是女生，可動作卻有著說不出的瀟灑。明明只是中上的姿色，卻在這瞬間散發出難以言喻的魅力，牢牢吸引眾人的視線。

看著堇青友善遞出的手，葉曉明皺起了眉一把將她的手拍開，冷聲警告：「你們今晚別耍花樣，也別試圖接近我。」

說罷，便頭也不回地離開了。

團子忿忿不平地叫嚷：「這人什麼態度！眞討厭！」

堇青揉了揉被對方拍痛的手，沒有作聲，情緒顯得有些低落，這讓團子有些擔心：「青青？」

堇青失落地道：「我還以爲他是……應該是我弄錯了……」

團子愣了愣，隨即反應過來堇青所說的「他」是誰，驚訝地道：「這人陰陰沉沉、脾氣又這麼差，有哪一點像妳的戀人？青青妳該不會是單純看他武功高強，便覺得像吧？」

堇青也說不清楚她爲什麼會有這種想法，明明對方與戀人的性格有著那麼大的差距，可在對戰時卻有瞬間覺得眼前的正是她在尋找、思念著的人。

之所以產生這種錯覺，也許是因爲在之前的兩個世界，戀人一開始就都待在她的身邊。可現在她穿越過來卻完全不見對方身影，所以有些急躁吧？

身處末世這種朝不保夕的混亂環境，尋人談何容易？雖然堇青故意不跟著原主過去的軌跡走，試圖遇上更多不同的人，然而人海茫茫，對於能否遇上對方，堇青心裡其實也是沒譜的。

何況，也沒有事實證明戀人也會跟著她一起來到這個世界。堇青心裡最害怕的便是這些都只是她一廂情願的想法，戀人根本沒有轉世到這個小世界。

想到這裡，可以順利紮營的好心情頓時沒了。

第四章·搜索度假區

雖然葉曉明的態度稱得上惡劣，但至少允許了堇青等人在他們旁邊紮營。除了他這個黑臉神有些生人勿近以外，他的同伴都不是難相處的人，不只主動分了些火把給他們，還友善地向堇青等人介紹自己。

除了一開始與堇青互通姓名的王凱東外，那對情侶中的美艷女生名叫曼康妮，她的戀人、那個健壯的男生叫周文龍，娃娃臉男生叫程海。

見堇青撞上葉曉明的惡劣態度後一副蔫蔫的模樣，程海看得心裡不忍，便向她解釋：「妳別生老大的氣，其實老大以前不是這樣的。只是不久前他被未婚妻與好友背叛，性情這才變得如此陰晴不定。」

堇青聞言忍不住露出訝異的神情，實在很難想像這個黑臉神會被人背叛啊……這人一副不好惹的模樣，實力還稱得上恐怖，他的未婚妻與好友未免也太想不開。

何況未婚妻與好友這個組合有點讓人想入非非，黑臉神的頭上該不會綠了吧？

看出堇青八卦的心思，程海嘴角抽了抽，但仍是滿足了她的好奇心：「末世到來時，待在老大身邊的是他的未婚妻何尹妮與好友蔡永華。原本我們約定了會合地點，以老大的身手，那些喪屍理應奈何不了他，誰知道那個何尹妮卻經常扯後腿，跑又跑得不快，還很腦殘地尖叫著引來喪屍，結果害老大被喪屍咬了。」

說到這裡，程海露出氣憤的神情：「明明全靠老大豁出性命保護他們，那兩人才能逃出喪屍的包圍。然而他們不只不感恩，看到老大被喪屍咬到以後，因爲擔心他也會變成喪屍，便把發著高燒的老大留下來等死。這也罷了，他們竟然喪心病狂到割傷老大，想利用他吸引喪屍的注意，好讓他們有時間逃跑。」

聽著程海的話，王凱東也回想起當時找到葉曉明的情況，眼睛氣得都發紅了：「要不是我們在最後關頭趕來把曉明救了出去，只怕他已經被喪屍分吃了。」

一旁的曼康妮撥了撥頭髮，冷哼了聲：「我一向都說那個何尹妮看起來嬌嬌弱弱的卻不是好人，你們還不相信我，現在吃虧了吧？一班自以爲女人都是弱者的膚淺者！」

程海不服氣地小聲反駁：「可康妮姊妳還不是與那個蔡永華相處得很好？」

「死小孩，你是不是欠揍!?」曼康妮生氣地舉起拳頭作勢要敲過去，簡便的防風衣也遮掩不住她傲人的身材，活動起來便是一番波濤洶湧，看得堇青眼睛都要直了。

隨即堇青把視線投向阻止曼康妮行使暴力的周文龍，心想這個傻大個還真是有福氣，看他老老實實的沒什麼出彩的地方，卻找到這麼一個性感尤物當女友，也不知道讓多少男人羨慕嫉妒恨。

即使堇青是個女的，看著曼康妮這個美女也覺得實在養眼，特別地賞心悅目。不過在這個道德淪喪的末世，像對方長得這麼出色也不知道是福是禍。幸好她有強大的隊伍作爲依靠，別人即使覬覦也得衡量一番到底是美色重要，還是小命重要。

王凱東等人雖然不像堇嵐那般聖母傻白甜，可也不是壞人，甚至在末世中願意把地盤分享給他們，人算是很不錯了。堇青對他們印象很好，在心裡爲他們有著自保之力而高興。

與他們偷偷分享一下葉曉明的八卦後，堇青因爲思念戀人而生出的愁緒不知不覺便淡了不少。

堇青不禁羨慕起葉曉明來。怎麼黑臉神有這麼好的隊友，而她的身邊卻只有白眼狼與豬隊友呢？

團子看到堇青羨慕地看著王凱東他們的神情，立即道：「青青，妳還有我呢！我才是青青最好的搭檔，麼麼噠！」

堇青聞言勾起嘴角，也道：「麼麼噠！」

這一晚風平浪靜，人跡罕至的郊外就連喪屍也沒了蹤影。眾人沒有遇上任何事故，安安穩穩地渡過了一個平安的夜晚。

第二天堇青一起來，便見葉曉明等人已把行裝整理好要離開了。雙方本就是萍水相逢，再加上葉曉明一副不喜歡別人接近的模樣，堇青便遠遠向他們揮了揮手，權當告別了。

混亂的世道下，也許這一次分開便是永別了，堇青在心裡暗暗祈願這些青年們能夠一切安好。

葉曉明等人離開以後，堇青他們也繼續往S市進發。郊區道路暢通無阻，他們很快便來到了一個風光如畫的度假區。

這個度假區面積雖然不算很大，卻因景色優美而聞名。裡頭的部分度假屋還是以古建築改建而成，除了是度假勝地以外，還是古蹟保護區。

可惜原先景色怡人的風情，卻因爲末世帶來的混亂而蒙上一層陰影。不少度假屋因爲是由古蹟改建，改動幅度有所限制，因此相較於城鎮裡堅固的高樓大廈，更保留了建築最原始的風味。除了優美的景色，矮小精緻的紅磚屋也是吸引眾多遊客的亮點之一。

然而末世來臨，這些小屋卻無法有效阻擋喪屍，保護度假區的人們。

度假區隨處可見血跡與屍體，堇青還看到一些被喪屍咬死的動物。也幸好這種病毒只會讓人類的屍體變異，不然若連動植物也異變，那麼他們這些倖存者只怕眞的沒有活路了。

堇青處理掉幾隻喪屍後，隨即上前檢查了下地上的屍體，發現其中一些已喪屍化，但被人破壞過。現在雖然不是旅遊旺季，可看看度假區的屍體及四周喪屍的數量，也覺得太少了點。

「這應該是度假區的倖存者幹的，他們可能已經撤離了吧？」林景輝猜測。

堇青聞言點了點頭，在這裡的人不是在度假區工作的員工，就是前來度假的旅客，他們都是外來者，甚至不少人家人都還在外面。末世到來後，選擇離開這裡並不意外。

眾人商議後決定前往度假區的綜合大樓，看看有沒有適合的物資可以帶走。畢竟往後不知道還會不會再有取得物資的機會，即使東西用不上，也能與其他倖存者進行交易。

綜合大樓是度假區中新建的建築，裡面集合了醫療室、餐廳、泳池、網球場、健身室等設施，幸運的話，他們應該能夠找到不少有用的物資。

進去後他們才發現大樓已經沒有了電力，也幸好現在時間尚早，些許陽光透過玻璃窗照進大樓裡，讓他們身處室內也不至於無法視物。

只是昏暗的環境、殘留在牆上與地面的血跡、地上殘缺的屍體，以及不知會從哪裡走出來的喪屍，實在讓這個原本光潔明亮的綜合大樓變得猶如恐怖片會出現的場景。

堇嵐與陳家晴屏息著，小心翼翼地跟在堇青身後，她們邊手握球棒自衛，邊在心裡祈求不要遇上喪屍。

在室外遇上喪屍，她們打不過還可以逃，反正喪屍行動緩慢追不上來。然而在室內遇上……那就只能拚死一戰了。

幸好兩人雖然只是體力一般的弱女子，而手中的球棒連利器也稱不上，可對上喪屍卻還是有著一戰之力。

因為在人類屍體變成喪屍後，還是會繼續腐爛直至完全無法活動。喪屍的體質比人類弱，簡單來說，就是特別脆皮——用球棒幾下便能把它們爆頭的那種脆。

只是喪屍數量比活著的人類多，而且不用吃喝、不知疲倦，還不斷有倖存者被感染成喪屍，因此末世初始時人類才會處於如此大的劣勢。

雖說喪屍的速度與抗擊力比不上活人，然而只要被它傷到，很快便會變成它們的一員。而堇青等人還不知道大樓中到底有多少人變成了喪屍，最怕就是戰鬥的聲響吸引其他喪屍過來，最後被圍攻那就糟糕了。因此可以不戰鬥的話，眾人還是希望能夠和平達成目的。

他們前往綜合大樓的目標主要有兩個——餐廳與醫療室。前往S市還有一段路程，他們得要在這裡補給物資。

眾人安靜地步入大廳，度假區的實景圖掛在大廳的正中央，而綜合大樓的室內圖則懸掛在接待處後方的牆壁上。

當堇青向室內圖走去時，一隻長滿屍斑的手突然從接待處伸了出來！

眾人這才驚覺有喪屍。它雙腿不正常彎曲，腿上的肉也被大範圍啃掉，讓它無法站立起來自由走動，直至堇青接近時，才刺激到它伸手抓去。

喪屍正好處於堇青等人視線的死角，這一抓讓人防不勝防。幸好堇青反應快，加上早就因團子的警告而有所戒備，一刀便把變成喪屍的接待員解決掉。

堇嵐看到喪屍出現時，忍不住小聲驚呼了聲。陳家晴更是直接往後退開，手中球棒把旁邊的花瓶掃落在地，發出刺耳的響聲。

目擊事情發生的團子，忍不住罵了聲：「豬隊友！」

被病毒提升了的五感，讓堇青敏銳地聽到走廊傳來的動靜，知道他們已經驚動到這棟大樓裡的喪屍了。她抬頭仔細記著室內圖的細節，邊道：「團子，你來領路吧！」

團子立即建議：「往東走吧，那裡的喪屍數量比較少。」

堇青不再猶豫，道：「我聽到有喪屍接近，我們快跑！」

說罷，便率先往東跑去，其他人見狀連忙跟上。

團子邊告訴堇青那些喪屍的方位，邊道：「其實有我在，青青妳不用硬記著那張室內圖也可以啦！」

堇青笑道：「沒關係啦，反正都是順便而已。何況我看也沒看室內圖兩眼，卻又認得路的話，豈不是很惹人懷疑嗎？」

以堇青的性格，她是不會什麼都不做只依賴團子的。

這並不是信不信任的問題，而是她一直覺得若想要有收穫，便要先付出努力，屬於自己的東西才是最實際的。即使現在所做的努力看似沒有成效，但誰知道在將來不會幫助到自己？

像之前她鑽研的醫術，在當大祭司時便有了用武之地。而她兩世向戀人學武，不也令她在末世生存上多了份保障嗎？

堇青每一次的穿越，除了進行扭轉原主命運的任務外，從沒有停止過學習各種技能。她覺得穿越至不同的小世界，就像獲得多次的人生，這是多好的機會啊！要是庸庸碌碌地過，她都要看不起自己了！

綜合大樓已沒有電力提供，堇青他們只得跑樓梯。不過即使仍有電力，他們也不敢搭電梯，以免在裡面時遇上停電，到時候眞的叫天不應，叫地不靈了。

也幸好餐廳在二樓，醫療室只在三樓，眾人即使跑樓梯也不用跑太多層。

大樓走廊的喪屍並不多，堇青想起病毒爆發時正值午飯時間，度假區的人那時應該都集中在餐廳吃飯，只怕那裡已擠滿喪屍了。

值得慶幸的是，大樓的防火通道有好好地把防煙門關上。因喪屍只有本能，卻沒有人類的智力，它們不懂得開門，沒有人類刺激到它們的話更是不太活動，所以喪屍大都待在原本各自所在的樓層裡。

雖然如此，但在防火通道中眾人還是遇上了幾隻喪屍。因爲地方狹窄，堇青也不想與它們多做糾纏，便俐落地把擋路的喪屍踢到下層。

看著那些喪屍在下層重新爬起，嗷嗷嗷地笨拙追了上來，雖然模樣噁心得都該打上馬賽克，然而團子還是覺得場面有些喜感。

堇嵐等人都被堇青踢飛喪屍的凶殘驚到了，直至對方提醒才回過神來，立即跟著跑到二樓的餐廳，並把防煙門拴上。

餐廳裡果然有不少喪屍，尚未進入餐廳便看到裡面滿滿都是它們的身影，幸好一行人迅速躲在櫃子後，並沒有引起它們的注意。

餐廳佔地廣闊，幾乎整整一層，裝潢還非常有特色，貼心地布置不少打卡裝飾給旅客拍照留念。可惜現在餐廳一片狼藉，還有眾多喪屍遊蕩，讓堇青無心欣賞這裡用心的裝潢。

「青青，五樓室內網球場的防煙門沒有關上，那層的喪屍被聲音吸引，都往防火通道走去啦！」就在此時，傳來了團子的警告聲。

「……我該慶幸二樓有關上防煙門，聲音傳不到餐廳裡嗎……」堇青心想，要是防火通道裡的喪屍吵得二樓的喪屍也暴動，與防火通道那邊來個內應外合，便好糟糕了。

同時，堇青也打消了硬攻進餐廳的想法。他們離開防火通道後，那裡的喪屍失去了攻擊目標，很快便會再次進入茫然遊蕩的狀態。然而要是在餐廳發出太大的聲響刺激到它們，防火通道的喪屍說不定會嘗試攻進來。

加上五樓的喪屍，現在防火通道喪屍數量大增。防煙門雖然被拴上，而喪屍也的確不懂得開門沒錯，可是它們卻會拍打大門……要小心點別有其他聲音刺激到它們，以免它們破門而入。

爲免引起附近喪屍注意，堇青偷偷取過放在收銀處的筆，在地面寫道：「大樓裡的喪屍比想像中多，我們沒時間與這些喪屍糾纏了，利用餐廳裡的遮掩物前往廚房吧！」

幾隻穿著廚師制服的喪屍在用餐區遊蕩，從半開的廚房門看去，不見裡面有喪屍，堇青猜測廚房裡的喪屍應該都跑到了用餐區，廚房應該是安全的。只要他們動作小心一點，搜羅了物資後平靜離開，也不是不可能的事情。

如果是原主，她一定會跳出去拖著喪屍，讓其他三人逃到廚房搜物資。

正所謂有比較有傷害，相較於原主的做法，堇青的建議在陳家晴等人眼中簡直就是冷酷無情、不顧他們的死活了。

只是他們想到先前堇青對待那個抱著嬰兒的女人時那副鐵石心腸的模樣，心裡明白即使提出異議也沒用，只得如她所說般，靠著各種遮蔽物的掩護，小心翼翼地往廚房而去。

四人有驚無險地到達廚房，很幸運地，廚房裡真的沒有喪屍。堇嵐在半掩的廚房門後探頭窺視外面的動靜，其他三人則偷偷摸摸地從廚房取出還未變質的食物。

度假區的人死的死、走的走，廚房食材大部分都被那些離開的人帶走了。不過這個餐廳儲備了大量食物，那些人不可能全部帶走，其中還留下了不少，甚至堇青他們把背包都塞滿了還有剩。

「我們還要上三樓嗎？」林景輝小聲詢問。他們進入廚房後與那些待在用餐區的喪屍隔了一段距離，總算可以小聲交談了。

之前堇青提出冒險進入綜合大樓取物資的時候，陳家晴還有些不情願；可現在獲得了這麼豐富的收穫，她頓時變得積極起來。此時聽到男友的詢問，頓時雙目充滿了貪婪：「當然！既然大樓裡留下了這麼多食物，那麼藥物應該也能夠有很好的收穫。」

然而堇青卻搖了搖頭，道：「我們的藥物已經夠用了，病毒爆發時人們還不知道發生了什麼事情，把昏迷的人都送去就醫，因此醫療區都是喪屍聚集的重災區。三樓的喪屍數量比這裡只多不少，我不贊成繼續冒險。」尤其在一條逃生通道已被喪屍佔領的情況下。

陳家晴卻已被利益蒙蔽了雙眼，明明有危險時她總是第一時間躲在後方，偏偏現在卻表現得像個大無畏的勇者：「我們離S市還有好一段路程，現在這世道生病了可沒有醫生看，要是真的有人不幸病倒，那就全靠成藥救命了，有備無患嘛！」

雖然嘴巴這麼說，可她也清楚他們帶的藥物其實已經足夠。只是以目前情況，藥物是珍貴的物資，即使真用不著，也可以與其他人交換別的東西。

再說，她好歹也是市長千金，可不想逃亡到S市後顯得太狼狽，若帶著眾多藥物到S市，也好讓人對她另眼相看。

懷著這種虛榮的小心思，陳家晴自然努力遊說眾人往三樓跑。

「小嵐，妳怎麼看？」堇青想聽聽妹妹的意見。

陳家晴不待堇嵐回答，便勸說：「小嵐，那些藥物留在這裡真的太浪費了。即使我們用不著，遇上有需要的人也可以給他們。在末世中，多得是人等著藥物來救命呢！」

這番話說得很真摯，至於真的遇上需要幫忙的人時，陳家晴到底會不會把藥物交給對方，這卻說不定了。

可這話顯然打動了善良的董嵐，於是她歉意地看向持反對意見的董青，表態道：「我支持家晴的建議。」

林景輝自從得知陳家晴是市長千金以後，對她越發地溫柔體貼，他還等著到了S市後利用對方往上爬呢，又怎會與戀人對著幹，自然也是贊成她的提議。

於是三對一，少數服從多數，董青也只得跟他們一起到三樓去了。

董青以另一條防火通道比較接近廚房為由，領著眾人走向西面的通道。

團子笑嘻嘻地說道：「陳家晴知道她心心念念要取的藥物已經被人捷足先登，不知道會不會氣死呢？」

聽到團子幸災樂禍的話，董青忍不住勾起了嘴角。

她之所以不贊同往三樓走，覺得沒必要是眞的，除此之外便是她知道他們即使前往三樓也沒有用，最終只能無功而返，也就不想去浪費這力氣。

不過既然陳家晴他們堅持，堇青覺得隨他們走一趟也無所謂，只希望對方這位大小姐到時候別因爲太生氣，胡亂說話得罪人就好。

第五章·再遇葉曉明

陳家晴可不知道菫青正在暗暗等著看她的好戲，心裡正因爲剛剛壓過了對方而暗爽著。陳家晴不是個有器量的人，早就看菫青不爽了，又覺得現在自己要仰仗對方的鼻息而活充滿了委屈。因此只要菫青過得不如意，她便覺得高興。

前往三樓的過程很順利，西面的逃生通道中沒有遇上任何喪屍。陳家晴想起先前他們之所以會往東面走，是因爲菫青的帶領，結果卻在樓梯遇上喪屍的攻擊，心裡頓時對菫青充滿著鄙夷。

不懂裝懂，眞討厭！

陳家晴卻不知道，菫青的選擇一直都是正確的。這條通道內雖然沒有喪屍，只是在一樓的出入口卻有很多，要進入這條逃生通道便得先越過喪屍群。相反地，東面的通道內雖然有幾隻喪屍，然而出入口卻是暢行無阻。

喪屍的行動力比人類弱，跑樓梯可跑不過他們。因此團子與菫青當時都毫不猶豫地選擇了往東面跑。

只是陳家晴沒有團子這個擁有上帝視角的隊友在，才會覺得菫青帶領錯誤。

不過話說回來，即使堇青真的選錯了方向，但腿長在陳家晴身上，誰說她一定要跟著堇青跑呢？既想讓人保護自己，事後卻又嫌棄對方做得不好，這種品性也難怪會在上一世恩將仇報地害了原主的性命。

大概在陳家晴心裡，她害死原主並沒有任何過錯，反而是原主對不起她，而她只是在「復仇」而已吧？

心裡鄙視著堇青的失誤，陳家晴嘴角勾起一個諷刺的笑容。然而這份好心情在她來到三樓後，便與她臉上的笑容一起消失無蹤，轉化成驚懼了。

畢竟無論是誰，被黑漆漆的槍口指著，只怕很難笑得出來吧？

然而這個「誰」卻不包括堇青，何況她早就從團子口中得知三樓的情況，對於現在面臨的狀況完全不覺得意外。她舉起雙手示意自己沒有反抗的意思，笑道：

「想不到這麼快又見面了。」

在三樓拿槍指著他們的一行人，正是早上才與他們分別、曾與他們一起在湖畔露宿的葉曉明等人！

看清楚來人以後，葉曉明瞳孔一縮，很意外這麼快便再次遇上堇青等人。

雖然雙方也算認識，但他在認出了堇青他們後卻沒有放下手中的槍，只冷聲說道：「這裡的東西是屬於我們的，滾！」

堇青很想翻一個白眼過去，心想這人還眞是難相處，每次見面都叫她「滾」，這個滾字是他的口頭禪嗎？

雖然心裡吐槽著對方，然而堇青心知眼前這人性格陰晴不定，現在自己形勢比人弱，還是不敢眞的出言刺激他。

堇青順著葉曉明的意思道：「好好好，我們滾，別激動喔！小心槍走火。」心裡邊想著，反正要來取藥物的人又不是她。

看到堇青轉身便走，葉曉明心頭頓時生起一股邪火。他覺得一定是堇青敷衍的態度激怒了自己，心裡不痛快，便又不讓她走了：「回來！」

「曉明？」一旁的王凱東忍不住出言詢問，心裡疑惑著明明事情都要解決了，怎麼他又把人喚回來。

堇青也回頭看向他，一臉疑惑。

其實葉曉明也不知道自己喚對方回來想做什麼，看著堇青凝望自己的眼神，他再次道：「……沒事，你們可以滾了。」

堇青睜大眼睛，團子更是氣得咆哮：「這個葉曉明到底有什麼毛病!?」

陳家晴等人都是一臉憤怒，就連王凱東他們都覺得葉曉明有些過分了。

堇青這一次沒有這麼聽話了，她就站在葉曉明面前不動，挑了挑眉問：「你在耍我？」

葉曉明抿了抿嘴，道：「沒有。」

雖然葉曉明的表情很陰沉、做法很氣人，然而堇青卻莫名從他身上感受到些許委屈？

她一定是瘋了！明明該委屈的人是她才對，這個葉曉明有什麼好委屈的!?

堇青冷哼了聲，決定不與對方計較。誰知當她作勢要轉身離開，葉曉明的臉又再黑了些，而且堇青覺得他好像更委屈了。

堇青想了想，回頭詢問葉曉明：「……你們呢？要一起走嗎？」

陳家晴等人心裡一驚，心想人家都讓我們滾了，這明顯是討厭我們呀！眾人覺得堇青的邀請也太不識趣。就怕葉曉明誤以為他們在覬覦那些藥物，到時候乾脆開槍解決他們就糟了！

當陳家晴正要說些什麼來補救時，卻見葉曉明向自己的隊友道：「走吧！」說罷，看也不看堇青，便領著王凱東等人離開。讓人不禁猜疑他這番舉動到底是因爲堇青的話，還是只是剛好要離開。

看著對方離開的背影，堇青若有所思：「團子，你說『他』如果也來到這個世界，會不會變成一個性格完全不同的人？」

團子驚疑不定地詢問：「青青，妳這麼問……難道眞的覺得這個葉曉明是妳的戀人嗎？可他們的差別也太大了吧？」

看堇青不說話，團子便續道：「雖說轉世後經歷了新的人生，他沒有以前的記憶，給人的感覺難免與以前有所差別。可有些特質是深刻在靈魂中不會改變的，何況他的靈魂本就比常人強大，便是轉世了，也應該保留著以前的性情才對。」

堇青低垂眼簾，道：「除了先天的性格，後天的生活環境也會對一個人造成很大的影響。何況王凱東不是說過嗎，葉曉明以前並不如現在般陰晴不定，只是因爲被朋友與未婚妻背叛，這才性情大變的，不是嗎？」

團子問：「那現在該怎麼辦？如果葉曉明眞的是那個人，他……這一世好像不太喜歡青青呢！」

堇青想起先前葉曉明奇怪的舉動，覺得如果自己的直覺沒錯，那個人其實是想要挽留自己的。只怕在對方也察覺不出的狀況下，刻劃在靈魂的深刻感情已經讓自己在他心裡變得與眾不同了。

「我會找個機會留在他身邊，看看他到底是不是我要找的人，如果眞的是他……呵呵！」堇青臉上的笑容燦爛了幾分：「叫我『滾』？而且還有一個未婚妻？」

雖然堇青說這話時臉上帶著笑意，然而團子卻感到一陣寒意，在心裡爲葉曉明點了支蠟燭。

菫青結束了與團子的對話，便向菫嵐他們笑道：「我們也跟上去吧，人多力量大，雖然葉曉明他們好像不太待見我們，不過又沒有明說不讓我們跟著，我們就在後面走吧。」

菫嵐等人都被菫青的厚臉皮驚到了，心想對方是沒有明說不讓別人跟著，但不想與他們接觸的態度已經表現得很明顯了吧？

只是菫青的話說得有道理，攸關性命之際，有時候面子便不那麼重要了。因此眾人雖然擔心會惹得葉曉明不快，但還是厚著臉皮跟了上去。

王凱東很快便察覺到菫青等人的動作，向葉曉明笑道：「他們跟過來了。」

說實在的，雖然認識的時間不長，可王凱東對於當時有膽量主動過來向他們討地方，並且還與自家首領打成平手的菫青印象很好。至少比起她那些縮在後方不敢冒頭的隊友，菫青顯得有擔當得多了。

即使堇青因爲受到病毒影響使得身體素質有所提升，戰鬥力變得比常人高強，可王凱東覺得這不是理所當然把事情都推給她的理由。身爲同伴，堇嵐等人也太無能了。

甚至王凱東覺得，葉曉明雖然老是叫堇青「滾」，但其實也是滿喜歡這個少女的。只是自從被信任的人背叛以後，他的性格便越發變得陰晴不定，就連與他從小一起長大的自己，也沒有自信能夠完全猜準他對堇青的態度。

然而見他任由堇青等人跟在身後，並沒有把人趕走。王凱東便確定了自己的想法，葉曉明果然並不討厭堇青，相反地，還對她頗有好感呢！

既然不討厭，對人家的態度就不要這麼惡劣呀！

王凱東覺得心好累，以前葉曉明便已是滿心只有實驗，並不擅與人相處。可自從對方性情大變以後，他更是覺得操碎了心。

堇青等人跟著葉曉明幾人走西面的防火通道，這通道他們已經走過一次了，樓梯內沒有喪屍。只是堇青卻知道，一樓的出口早已被它們塞滿了。

然而出於對葉曉明團隊的信任，堇青還是毫不猶豫地跟著他們走。反正天塌下來也有高個子頂著，加上她懷疑葉曉明的身分，總要跟過去看看才安心。

打開防煙門後，堇青卻發現自己多慮了，一樓出入口的喪屍根本已全被收拾乾淨。

不過葉曉明他們能夠擁有這般戰績並不出奇，如果不是顧忌堇嵐三人的安全，堇青也有辦法解決這些喪屍。葉曉明的身手不比她差，還有那麼多得力隊友，而且手上還有槍械，堇青甚至猜想對方不用出手，王凱東他們都可以把那些喪屍處理好。

堇青回頭看去，向堇嵐等人投以一個莫名的視線。

唉！真是有比較，有傷害……

眾人順利離開了綜合大樓，雙方都沒有在這裡多待的意思，不約而同皆打算準備離開。

此時堇青等人發現葉曉明他們把車停在大樓的另一邊，對方的路線應該是先到保安室取武器，然後便到三樓取藥物，完美地與堇青等人錯開，也難怪他們沒發現大樓裡還有第二伙人在。

度假區裡有價值的物資不外乎藥物、武器，以及食物。前兩樣都被葉曉明的隊伍捷足先登，後一樣堇青他們取了一部分，葉曉明的隊伍則對此沒有興趣，因此眾人已沒有繼續留下來的理由。

堇青注意到葉曉明他們並不只在醫療室取走一些常用的藥物那麼簡單，他們簡直把那裡的東西全清空了，就連儀器也不放過。有不少東西都是普通人用不上的，忍不住覺得奇怪地多看了幾眼。

王凱東見狀，笑道：「別看曉明一副武裝人員的模樣，他其實是個藥劑學天才，對於這次造成末世混亂局面的病毒很有興趣，說是想研究一下。程海也是研究員，是曉明的學弟。至於曼康妮與周文龍，則是國家派到他們身邊保護他們的人。

原本保鑣還有其他人，只是不是在末世時變了喪屍，便是在戰鬥時犧牲了。」

堇青聞言不由得訝異，心想真是人不可貌相。要是王凱東不說，見葉曉明這麼能打，身邊的人還精通槍械，再加上陰晴不定的性格，她還暗暗猜測過對方是不是混黑道的……

想不到竟是個研究員！而且國家還派人保護他，這個人到底有多出色呀？明明憑武力便能征服世界，這人偏偏要用腦子！有這麼能打的藥劑人員也是醉了……

而且葉曉明到底要保鑣來幹什麼？他一個人都可以頂十個保鑣了！真的出事情的話，還不知道誰保護誰呢！

眾多吐槽在堇青心裡劃過，她還真沒見過像葉曉明這種槽點這麼多的人。不過從原主的記憶中看來，葉曉明即使再天才，對這喪屍病毒應該還有得研究吧？畢竟到原主死亡時，病毒的疫苗都還沒研究出來。

聽說倒是有一個天才差點兒成功，那人是軍方大頭葉家的人。可惜那人成爲了

S市權力鬥爭中的犧牲品，連同他的研究一起被毀了。

原主還隱約聽聞當時決定向那人下手的，便是S市的市長陳偉業。原主一行人趕到S市時市長一派的人之所以銷聲匿跡，傳言便是因爲陳偉業下手太狠，徹底惹怒了葉家，被葉家擊殺了。

堇青覺得陳偉業還眞是看不清楚形勢，末世中社會秩序崩潰，拳頭大的便是道理。葉家手握兵權，在末世中能夠輕易掌握不少人的生死。之所以沒有動陳偉業，也是葉家厚道，沒有鳩佔鵲巢的打算。

誰知道這卻助長了陳偉業的野心，讓他生出把葉家趕下台後自己成爲S市的一言堂的想法。當他得知葉家天才的疫苗研究快要成功後，擔心會讓葉家聲望大增，便向那人下了殺手。

卻不想想撕破臉以後，他這個政客憑什麼與手握重兵的葉家鬥？用口水把敵人淹死嗎？

結果人是被他派人殺死了，疫苗卻沒有搶到手，而是被毀掉了。此舉惹得葉家大怒，把市長一方的派系連根拔起，陳偉業更是連命也賠上了。

這麼想來，也難怪陳家晴到達S市後，把市長女兒的身分瞞得死死的。大概她發現S市的當權者易主後，便偷偷調查過其中的細節，得知父親作死的真相後，自然不敢公開自己的身分。

嗯？等等……

葉家……葉曉明……

一個研究病毒的藥劑學天才……

不、不會這麼巧吧？

堇青很想詢問王凱東，葉曉明是不是就是那個第五軍團葉家的人，如果獲得的答案是「是」，那麼對方十之八九便是傳說中被人害死的葉家天才了。

只是堇青可不敢這麼問，畢竟大家還不熟呢！要是她真的這麼大剌剌地求證葉曉明的身分，被他們誤會成別有用心便糟糕了。

雖然無法證明，可堇青愈想愈覺得自己的猜測很靠譜。頓時整個人都不好了！

如果葉曉明只是個萍水相逢的人，堇青頂多慨嘆一聲天妒英才。可這人很有可能是自家戀人的話，那她便不能眼睜睜看著他被人欺負去！

幸好在原主的記憶中，那個天才是在回到S市、研究有所眉目以後，才被人暗殺的，現在她還有很充裕的時間做準備。

腦中邊想著葉曉明的事情，堇青也沒有放鬆對外界的戒備。因此當雙方車子離開度假區、被那一家三口衝出來攔路時，堇青立即便發現了。可惜離開度假區就只有這麼一條路，他們只得把車停下來。

「求求你們！拜託也帶我們走吧！」一對中年夫婦抱著孩子擋住出入口，夫婦兩人一臉憔悴，被他們抱著的孩子大約七、八歲的年紀，也不知道發生了什麼事，一直緊閉著雙目，沒有醒過來。

看清楚這對中年夫婦的模樣後，堇青不由得稍稍勾起了嘴角。

呵！世界還眞小，又是熟人。

這對夫婦在原主那世曾被她所救，丈夫姓曾，原主稱他們爲「曾大叔」與「曾大嬸」。這兩人算不上是壞人，並未主動害過原主，但他們也不算是知恩圖報的善良人，在原主與隊員發生衝突被孤立時，他們從未伸出過援手，只冷漠地看著自己的救命恩人被人逼害。

在原主記憶中，曾家夫婦沒有兒子，難道他們其實有一個孩子，只是那孩子在遇上原主之前已經死去？

堇青視線投向那個昏睡的孩子，這次仔細一看便發現了端倪。只見孩子臉色透露出不正常的紫青，他的衣領被曾大叔奔跑的動作帶動而滑落了一些，露出了脖子位置的繃帶，繃帶還透出些許血跡。

察覺到堇青的視線，曾大叔慌張地拉上孩子的衣領，遮掩住他頸項的傷口。然而已經來不及了，眾人都看到孩子身上的傷口，聯想到他詭異的臉色與昏迷不醒的狀態，陳家晴驚呼：「你們的兒子該不會被喪屍咬了吧？」

曾大嬸慌張地解釋：「不是的！小樂只是躲避喪屍時不小心撞傷而已！」

然而誰也不相信她的話，畢竟脖子並不是容易撞傷的位置，何況曾家夫婦慌張的模樣已足夠說明很多問題了。

再仔細想想，爲什麼度假區的人都撤離了，就只剩下這一家三口呢？是不是因爲那些人知道小樂被喪屍傷到，擔心他會發生異變，這才不願意與他們同行？

葉曉明冷冷看了曾家三人一眼，道：「我不會帶上你們，要是繼續糾纏，別怪我們不客氣。」說罷，還把槍口往一家三口的方向指了指，威脅性十足。

葉曉明那夥人一看就知道不好惹，身處於秩序崩壞的末世，即使對方眞的殺了他們也沒有人會說什麼。曾家夫婦不敢賭葉曉明會不會開槍，只得不甘地退開，眼睜睜看著這群人開車離去。

堇青隨之也表態，道：「我也是這個意思，把一個隨時會變成喪屍的人帶在身邊，太冒險了。」

第六章・分道揚鑣

「不是的，小樂真不是被喪屍傷到。」曾大嬸對於兒子被喪屍傷到一事死不承認，現在堇青等人就是她的救命草。再加上這個團隊的成員都很年輕，其中還有三個是女孩子。女性總是比較心軟，這些人怎麼看都比葉曉明那群人好說話，曾大嬸還想再試試。

陳家晴對他們的糾纏有些厭煩，探頭看了看昏睡的孩子，近距離一看更覺得孩子的膚色完全不像常人，都快要變得與那些喪屍一樣了，便諷刺道：「即使妳的兒子沒有被喪屍傷到，可他這狀況完全是個累贅，我們是不可能帶上他的。再說了，即使他只是生病，誰知道會不會傳染給我們呢？」

林景輝則嘆了口氣，道：「抱歉。」短短兩個字，卻已表明了他的態度。

曾家夫婦知道對方是不願意帶他們走了，頓時心如死灰。其實堇青他們的猜測沒錯，他們的兒子曾小樂的確是被喪屍咬到了，只是喪屍化的速度比別人緩慢，讓他們看到了希望，不願意輕易放棄他。

因此當一眾倖存者從度假區撤離時，那些人不肯與隨時會變成喪屍的曾小樂同行，曾家夫婦便寧願選擇留下來，也不願將孩子丟下。

這次堇青等人進入度假區，曾家夫婦更不願錯過機會，可惜堇青他們也像那些離開度假區的人一樣，並不接納他們。

度假區的車子都被離開的人開走了，如果堇青等人也離去的話，他們往後根本不知道還會不會再遇上其他人。曾大叔猶豫地凝望著兒子良久，最終咬牙詢問：「如果……如果只是帶我們夫婦二人離開……」

「不！」不待曾大叔說罷，曾大嬸立即反對：「要是不能帶著小樂，那我也不走！你怎能這樣做，小樂是我們的兒子啊……」

說罷，曾大嬸忍不住嚎啕大哭。

曾大叔痛苦地說道：「我有什麼辦法？我也不想這樣啊……但不這麼做……不這麼做的話……」

看到夫婦兩人如此痛苦，不得不放棄心愛的兒子，實在聞者傷心，聽者流淚。

可惜在末世中，人們為了生存只得捨棄同情心。堇青是覺得他們很可憐沒錯，但也僅只是覺得可憐，並不會因此心軟，改變主意讓曾小樂這個不定時炸彈同行。

與曾小樂同行完全不在堇青的考慮中，她逕自在心裡思考著，吉普車只有四個座位，要是曾家夫婦眞的狠下心放棄兒子跟他們走，該怎樣挪位置才能坐得下六個人？

然而堇嵐與理性的堇青不同，她本就心軟，再加上從小便渴望著父母的愛，曾家夫婦不願意捨棄兒子的模樣深深打動了她。堇嵐一臉不忍地詢問：「這孩子眞的只是病了嗎？不是被喪屍咬到？」

聽到這詢問，堇青頓時心生不祥的預感。

堇嵐這麼問，該不會……

果然下一秒，堇青便知道自己的預感應驗了，只聽堇嵐續道：「如果這孩子是被喪屍咬到的話，我也許……也許有辦法救他……」

「什麼!?」不只曾家夫婦，陳家晴與林景輝聽到堇嵐的話以後也震驚了。

堇嵐被他們的反應嚇了一跳，再看到堇青難看的臉色，不由得有些心虛。不久以前她才答應堇青絕不會把自身的特異告訴別人，這番話言猶在耳。但想到人命關天，她無法眼睜睜看著曾小樂就這麼喪命。能夠救這孩子的人也許就只有她了，因此堇嵐仍然堅持著自己的想法，向眾人解釋：「我的自癒能力受到病毒的影響而進化了……我們都曾經感染過喪屍病毒，體內理應有病毒的抗體。有些人的抗體強，因此他們能夠從昏迷中醒來，甚至被病毒激發出異能。有些人的抗體弱，因此便在高燒中死去，並且變成了喪屍……我有個大膽的猜測，抗體是不是也算在自癒能力的範疇中？那麼我體內的抗體是不是比一般人強大？會不會能夠救下被喪屍咬到的人？」

聽到堇嵐的話，曾家夫婦絕望的神情頓時一掃而空。對身處絕境的他們來說，小小的希望便能夠讓他們重新有了走下去的勇氣。

曾大嬸頓時抓住堇嵐的衣袖，彷彿抓住救命的繩索：「求求妳！救救小樂！」

堇嵐既然說出這番話，自然有救曾小樂的心。然而要如何實行，她心裡卻是沒譜，只得安撫地拍了拍情緒激動的曾大嬸：「我一定盡力而爲，只是我也不知道該怎麼做……也許……我先輸些血液給小樂試試？」

正好他們在三樓撿走了一些葉曉明他們不要的醫療用品，其中就有輸血用的工具。只是這些工具到底該怎樣使用，堇嵐他們也是一知半解，只能死馬當活馬醫。

曾家夫婦看出堇嵐的不確定，也從狂喜的心情中漸漸恢復理智。特別是看到堇嵐這個當事人也一副什麼都不確定的模樣，他們便有些猶豫了：「這樣……沒關係嗎？」

堇嵐猶豫片刻，道：「應該沒關係吧？我是O型血，不是說O型血是萬用血嗎？何況這孩子都這樣了，至少試一試，總好過坐以待斃。」

堇嵐最後的那句話顯然打動了曾家夫婦，反正孩子再這樣下去也只是變成喪屍，何不放手一搏呢？

原本不想理會曾家夫婦請求的陳家晴與林景輝，此時也不說任何反對的話了。他們同樣很想知道，堇嵐的血液是不是眞的能夠消除喪屍病毒。要是對方眞的能夠成功阻止曾小樂喪屍化，那麼她的存在便能夠爲他們帶來重大的利益！

唯一對此反對的人，就只有堇青：「不行！小嵐，妳不可以這樣做！妳忘記妳答應過我什麼了嗎？」

聽到堇青的質問，堇嵐感到很心虛。然而雖然心裡覺得對堇青很抱歉，可堇嵐卻不認爲自己的決定有錯：「姊姊，要是我眞的能夠救得了這孩子，卻選擇沉默，我這輩子都會後悔的。」

望著堇嵐堅定的眼神，堇青在心裡嘆了口氣，她知道與對方分別的時候要來了：「小嵐，我明白妳想要幫助別人的心情，然而妳再仔細想想，這結果妳能夠承擔嗎？要是確定了妳的血液能夠抵抗喪屍病毒，妳明白這代表什麼嗎？能夠想像到將會有多少人想要對妳下手嗎？」

堇嵐堅持道：「只要這裡的人不說出去，那我不就安全了嗎？家晴與景輝是我的朋友，我也相信大叔他們不是會出賣恩人的人。」

堇青覺得堇嵐眞的被原主保護得太好了，竟然如此天眞。在堇青看來，最有可能出賣她的人，正是她信任的陳家晴與林景輝。

不過堇青並不會這麼說，反正說了對方也不會相信，更讓她枉作小人罷。

堇青冷聲說道：「我明白了，小嵐妳有自己的堅持，但我也有我的想法。妳的能力將會無止境地招惹各種麻煩，我是個很自私的人，遇事只想保護自己與隊友的安全。我無法容忍妳關注別人的安危多於自己的做法。如果妳堅持要救那個孩子，那我們接下來便分開行動吧。」

堇嵐想不到在她心目中只是一件助人為樂的小事情，到了堇青那裡卻成為要與她拆夥的導火線，頓時傻眼。

相較於心裡滿是為難與不捨的堇嵐，陳家晴與林景輝聽到堇青的話後卻是狂喜。要是堇嵐的血真的能夠抵抗喪屍病毒，那麼她便無比珍貴了。堇嵐本是好利用的個性，然而她身邊卻跟著一個堇青。堇嵐好哄騙，堇青卻不是，特別是事情涉及到堇嵐時，堇青總是特別難說話。

原本兩人還因此感到棘手，覺得明明寶藏就在眼前，卻因為有凶猛的神獸守護而苦惱不已。可現在堇青卻與堇嵐鬧翻，還揚言要離開，這讓他們怎能不驚喜？

見堇嵐猶豫了，二人心裡焦急，對望了一眼後很有默契地勸解起來。

林景輝一副知心大哥哥的模樣，道：「堇青，妳別生小嵐的氣。妳也知道小嵐心地善良，她怎能看著孩子死去而不有所作爲呢？我明白妳擔心她，可是妳也應該體諒與尊重她的選擇，而不是試圖操控她的人生，利用脫隊來威脅她，對嗎？」

這番話頗爲誅心了，差點沒有指著堇青的鼻子罵她爲人專制，就連堇嵐做好事救人也要阻止。

陳家晴也明面勸解、實際卻在離間地說道：「我覺得小嵐的善良是很好的品性，堇青姊姊妳別爲難她了，應該以她爲傲才對。」

當感覺受到委屈時，獨自一人忍耐可能還不覺得有什麼，但要是有人站在自己這邊說話，便會更加覺得自己委屈。同時還會因爲有了別人的認同，而認定自己沒錯，是反對的那方無法理解自己。現在的堇嵐便是這種想法。

堇青看到原本想出言挽留自己的堇嵐，因爲陳家晴二人的話而默不作聲，不禁在心裡爲原主抱不平。想原主姊兼母職地照顧著堇嵐，偏偏這個妹妹耳根子軟，輕易便因爲別人的話而與姊姊產生了嫌隙。

善良不是錯，因此這也不能說堇嵐的選擇是錯，只能感嘆是價值觀的差距所致吧？

但堇青還是替原主感到悲哀，即使再來一次，原主最重要的妹妹還是爲了別人而捨棄了她。

堇青淡然提出：「我們雙方的想法不同，這方面也沒有什麼好說的了，與其將來因爲不同的價值觀而吵得不可開交，倒不如在出現分歧時分開更好。小嵐，以後沒有我護著妳，妳要好好保護自己……別太相信別人了。」到最後，堇青還是忍不住提醒了堇嵐一句，雖然她覺得對方在眞的吃了大虧以前，是不會在意她的告誡。

陳家晴心裡高興得快要歡呼出聲，臉上卻假惺惺地做出不捨的模樣挽留堇青。見堇青去意已決，林景輝主動說道：「我們這段時間都受到堇青的幫助，現在堇青一個人上路，我實在有些不放心。我建議把物資分一半讓堇青帶走，妳們覺得如何？」

「這……」陳家晴聞言不爽了，只是出於對男友的信任，才沒有出言反對。

堇嵐本就對讓堇青脫隊獨個兒上路一事有些自責，對此自然沒有意見，更因而對林景輝感激不已，因此這事情便定下來了。

陳家晴與堇嵐看不出玄機，然而堇青卻很清楚林景輝說這番話並沒有安多少好心。首先他絕口不提最爲重要的越野車，又建議明明應該分成四份的物資讓堇青拿走一半。以原主的性格自然不會再追討那輛車子，這車便歸他們了。

沒有代步工具，堇青根本就拿不走太多東西，因此林景輝所謂的「一半物資」也只是說說罷了。

雖然知道對方的小心思，但堇青並沒有計較。反正以她的本事，沒有車子也只是有些麻煩而已。可是以堇嵐他們微弱的武力值，遇上危險的話隨時團滅，那輛車她就不與他們爭了。

直至堇青把需要的物資放到背包、乾脆俐落地準備離開時，堇嵐這才眞的感受到彼此即將分別的事實，情緒低落地挽留：「姊姊，我們把妳載到有人煙的地方，妳才離開吧？」

堇青搖了搖頭，道：「我在路上找個團隊加入就好，保重。」

堇青的離開乾脆俐落，既沒有多糾纏堇嵐，亦沒有提出其他要求。要知道雖然林景輝提出的一半物資聽起來好像很多，但其實這些主要都是依靠原主才搜集得到，更別說那台越野車也是原主找回來的。

要是眞計較起來，以誰找到無主之物便是屬於誰的原則，這輛越野車該是堇青的所有物才對。

陳家晴原本一直很討厭變得斤斤計較的堇青，早就想過把她趕走，結果對方眞的離開團隊後，她卻有些不安了。

不得不說雖然對方的性格不討喜，可卻眞的很照顧他們。堇青在團隊中就像是定海神針一樣的存在，她在的話便會讓隊員感到安心。

不過陳家晴隨即又想到堇嵐的能力，要是她真的擁有病毒的抗體，那麼可以帶給他們的利益便大了。

這麼一想，陳家晴頓時又覺得堇青走得好，並且急切地想要驗證堇嵐到底能否治好曾小樂。

同樣急切的還有曾家夫婦，他們這段時間為兒子的事情操碎了心，現在總算看見曙光，恨不得立即把堇嵐綁過來，取她的血治好曾小樂。

堇嵐雖然因為姊姊的離去而心裡滿是失落，然而想到還有孩子等著她救命，便強打精神地道：「正好也離開了度假區一段距離，比較安全，我們就在這裡輸血看看吧。」

眾人自然沒有異議，於是他們便戰戰兢兢地開始了輸血的嘗試。

雖然他們都沒有受過相關的醫療培訓，幸好輸血的過程不算複雜，再加上心地善良的堇嵐經常捐血，對於各步驟有著頗深刻的記憶，最終還是讓他們磕磕絆絆地成功完成了輸血。

第一次輸血，堇嵐害怕出問題，只敢輸少量血液試試。雖然輸血後曾小樂沒有立即甦醒，然而臉色卻明顯好轉。可怕的青黑逐漸褪去，臉頰與嘴唇也有了些血色。這孩子原本長得滿可愛的，只是喪屍化讓他看起來有些陰森猙獰，現在恢復了正常臉色，頓時討喜多了。

這還是曾小樂在喪屍化後首次出現好轉，要是繼續多輸幾次血，說不定眞的能夠治好。

看到這狀況，曾家夫婦欣喜若狂，不停向堇嵐道謝，激動得差點兒便要向她下跪了。

陳家晴與林景輝也很驚喜，先不論堇嵐往後能夠爲他們帶來多少利益，至少接下來他們的性命便有了很大的保障。喪屍行動緩慢，只要不是身處在封閉的地方，或者被大批喪屍包圍，若是打不過，要逃走其實並不算困難。

它們最讓人害怕的一點，其實是喪屍病毒的傳染性。只要被它們抓傷或咬傷，甚至傷口接觸到它們的體液，就很容易受到感染變成喪屍。這讓人類面對喪屍時難免束手束腳，畢竟只要一個小傷口便能讓人死翹翹，甚至死後還會變成喪屍大軍的一員。

現在擁有堇嵐這個流動的人形抗體血庫，怎能不讓陳家晴他們興奮？從此以後他們對上喪屍便有了底氣！

原本因爲堇青的離開而有些不安，不過巨大的利益已完全沖走陰霾，陳家晴二人甚至慶幸自己成功逼走堇青，不然怎能獨佔堇嵐這珍寶呢？

至於堇嵐，得知自己的鮮血果然有用處時也是很興奮，不過這傻姑娘的想法卻是不帶絲毫利益，只是單純爲能夠幫助到更多的人而感到高興而已。

無論這些人心裡想著什麼，但全都心情很不錯。除了堇嵐以外，更是沒有人記掛離開的堇青，開開心心地坐著越野車離開。

其中尤以陳家晴心情最爲高漲，在離開途中恰巧遇上了葉曉明等人，她更是一改先前慫慫的模樣，一副洋洋得意、用鼻孔看人的姿態，讓王凱東忍不住多看了她兩眼。

葉曉明倒是沒有對他們多加留意，見越野車跟上來時，他皺了皺眉頭，心想這些人是不是要賴著他們。直至車子越過他們駛向其他方向，他緊皺的眉頭才鬆動了一些。

不過想到堇青沒有多糾纏，葉曉明卻又有些不樂意了，冷哼了聲道：「又不是不認識，路過也不與我們打個招呼。」

葉曉明的同伴早已習慣他的陰晴不定，對他彆扭的態度接受度良好。程海閒聊道：「我剛剛看到那對夫婦在車上，堇青她不像那麼感情用事的人啊！」

王凱東訝異地挑了挑眉：「不會吧？那個孩子明顯要喪屍化了，那樣的人他們也敢讓他跟在身邊嗎？」

曼康妮把耳畔長髮撥至耳後，道：「他們應該發生了些事情吧，我注意到那個叫堇青的少女不在車子裡。」

周文龍聞言點了點頭，表示他也注意到了。

程海瞪大眼睛：「難道堇青不讓他們把那一家三口帶上，她的同伴便把她丟下嗎？那些人的腦袋沒問題吧！」

擁有強大戰鬥力的堇青，與帶著喪屍化兒子、一看便知道是累贅的夫婦，誰都知道該選哪邊才對團隊最有利的吧？

王凱東聳了聳肩，道：「誰知道其中有沒有什麼內情呢，堇青的隊友也不是什麼好人，不見兩次見面那些人都把她推出去交涉，他們則躲在堇青身後坐享其成嗎？說不定那對夫婦拿出了令人心動的利益，因此他們便把反對的堇青趕走了？」

曼康妮嘆了口氣：「可惜了，我看那丫頭滿順眼的，她可比隊伍中另外兩個嬌滴滴的小姑娘好多了。」

「掉頭。」突然，一把清冷嗓音倏地響起，眾人不約而同地往聲音的主人——葉曉明看去。

曼康妮連忙把周文龍的頭扭向前面：「專心駕車！」

周文龍這個老實人聽話地專心駕駛，把視線挪回前方路況。

「曉明哥你有東西落下了嗎？」程海好奇地詢問。

王凱東倒是有些猜到了葉曉明的用意，不確定地問：「曉明……你是想把堇青帶上嗎？」

聽到王凱東的話，曼康妮等人都瞪圓了雙目，心想自家頭領什麼時候變得這麼好心了？

葉曉明淡淡說道：「反正車裡還有座位，她的戰鬥力高，帶上她不虧。」

理由很充分，葉曉明的話瞬間獲得各隊員的認同。然而王凱東卻覺得對方的這個決定不單單只是因爲堇青的武力值，不由得一臉若有所思。

第七章・以身相許

此時身爲眾人談論對象的堇青，正獨自一人在公路上行走。離開了度假區，一路沒有遇上多少喪屍，反倒是太陽有點毒辣。雖然已是秋涼的天氣，可正午的陽光還是曬得她頗爲難受。

「哎，青青妳就是人太好。要是妳把越野車也要走，便不用受這些罪了。」團子道。

堇青笑著安撫：「可是他們那邊人多，比我更需要車子。那個叫曾小樂的孩子我雖然不想因爲救他而惹麻煩，可既然人都被堇嵐救了，我也不好跟個孩子爭車子坐。」

團子依舊覺得意難平：「那明明是青青的東西！」

堇青道：「要是我堅持把越野車要走，雖然於理站得住腳，可別人卻必定會認爲我不近人情，人就是這麼複雜的生物。當然，我選擇徒步離開也不是因爲怕了別人的批評，只是想把車子留給他們，隨心而行罷了。反正我有團子爲我護航，可不怕會被喪屍包圍上呢。」

團子立即被安撫了，驕傲地說道：「包在我的身上吧！」

隨即，像是想要展現自己身價般，它興致勃勃地提議：「中午的陽光這麼猛，青青要不要先休息一下再趕路？向西走約十五分鐘有一個加油站，旁邊還有一間小型超市，那裡的空調還在運作喔。」

雖然向西走偏離了前進的方向，可團子提出的「空調」二字實在太吸引人。在這烈日當空的情境下，有什麼比清涼的空調更吸引人呢？

何況加油站是很多離開城市逃往外地的逃亡者的中途站，堇青可不打算徒步走到S市，加入其他團隊是一定的。

於是堇青果斷偏離了原本的路線，在團子的指示下往西走，果然，不久便看到它所說的超市與加油站。

「加油站的電力已經停了，裡面有不少屍體與喪屍，悶了這麼多天氣味都不太好聞。喪屍有些穿著超市職員的衣服，應該是被人故意關在裡面的。青青妳就別進去了。」團子道。

超市的物資可比加油站裡多了，堇青本就對加油站那邊沒什麼興趣，便聽團子的話走進了超市。

才推門進去，堇青立即感受到空調的涼意，頓感一陣舒爽。現在某些地方已經開始斷水斷電，這間超市位處這麼偏僻的地方卻仍然有電力還眞難得。

從原主的記憶中得知，往後安全區還是能保有基本的電力供應，然而空調這種奢侈的享受卻至少會絕跡好幾年，因此現在的清涼感便顯得特別珍貴。

堇青進入超市後邊享受著空調，邊打量著四周。

雖然已經入秋，然而在中午的烈日下行走還是很熱的，只是堇青知道再過一個月，天氣就會忽然寒冷起來。寒冷的天氣在抑制瘟疫的同時，卻也帶走了不少生命，許多老弱皆捱不過寒冬而死。

沒有了暖氣，也沒有充足的食水與衣物，人們在低溫來襲時顯得不堪一擊。

不過這些都不是堇青須要擔心的事，至少還有一個多月天氣才會突然變冷，她現在更想要的是好好吹著空調清涼一番。

她還在冰櫃取了支冰棒吃，頓覺快活似神仙。

「青青，有人來了。」就在堇青悠閒吃著冰棒時，聽到團子的通知。

堇青兩三口把剩下的冰棒吃進肚子裡，問：「是什麼樣的人？」

現在她正尋找團隊加入，要是這些人適合，那她便去會會他們。

可惜團子卻不看好來人：「那些人看起來不像好人，他們的身上都有不同程度的殺孽，青青妳別過去。」

聽到團子的話，堇青頓時沒有前去見那些人的動力了，繼續在超市裡吹著空調裝死。

並不是殺了人便會身負殺孽，只有心懷惡意的殺生才會被殺孽糾纏。一些曾經殺過人的人，比如軍人、警察……這些人爲了守護他人與心裡的正義而殺人，身爲鏡靈的團子從他們身上看到的便會是煞氣，而不是殺孽。

因此聽到團子的話，堇青立即掐滅了加入這支團隊的心思。

在末世裡，雖然人命不值錢，有時候爲了生存而逼不得已的殺人並不可怕，可怕的是拋棄了良知，失去身爲人應有的道德底線。

堇青對這些人有著深深的警戒，也幸好對方是衝著替車子加油而來的，首先關注的是加油站而不是超市，她並沒有立即與他們對上。

團子道：「對方有五人，都是男人，每個人都有刀……其中有人還有手槍！那個人正是五人之中殺孽最重的一個，青青妳要小心他！」

堇青正要再詢問一些細節，卻聽到團子驚叫：「咦咦咦咦！」

堇青愣了愣，問：「怎麼了？」

團子以驚嘆的語氣道：「那五人都GG了！」

堇青：「……」

剛剛才說要讓她小心，結果要警戒的人都被團滅了。變化來得太快，堇青都不知道該說什麼才好。

團子繼續大呼小叫：「青青，妳快跑！」

堇青猜測：「那些人把加油站的喪屍都放出來了？」也只有這樣，他們才會死得這麼快。

看到堇青依然氣定神閒地待在超市不動，團子焦急地道：「對啊！既然都猜到了，怎麼青青妳還不快跑!?」

堇青解釋：「反正喪屍不懂開門，沒有活人刺激的話，也不會主動想要進入超市，那我就先待在這裡好了。等外面的喪屍散開以後，我也能更輕易離開呀。現在出去，不就與喪屍大部隊正面遇上了嗎？」

堇青的話有理，然而團子卻是焦急地反對：「不行！再不走便來不及了！那些喪屍之中，有『進化喪屍』！而且它進化的是速度與五感！」

聽到團子的話，原本老神在在的堇青立即待不住了！

人類會因爲喪屍病毒而進化，有著速度、體力、自癒等不同能力的增長，喪屍中也一樣有著進化者。而且團子還說，這進化喪屍的進化方向是速度與五感！

也難怪外面那些人才剛出現便被團滅了！

試想想，能夠像人般奔跑……不！是跑得比人還要快的喪屍，殺傷力到底有多驚人！

再加上那喪屍還進化了五感，那些人連躲也沒法躲起來。

團子說對方五人中明明有人逃脫了，然而進化喪屍卻能輕易找到他，猜測它應該是能夠嗅出活人的氣味。

也就是說，即使堇青待在超市裡，那些喪屍也會知道她在裡面！

被困在加油站裡的有十多隻喪屍，小型超市的門未必能夠抵擋得了它們的拍打。何況即使它們無法闖進來，堇青一直被圍在裡面也不是辦法。喪屍不用吃喝、不知疲倦，可她不是呀。

原本堇青一直保持淡定，便是想著喪屍沒遇上活人便會漫無目的地遊蕩，等它們散開後她也好離開。

誰知道她這麼倒楣，竟然遇上能夠探測到人類存在的進化型喪屍。即使堇青的體能也因爲病毒而進化，對上它也有些心裡沒底。

雖然在之前的兩個世界中，堇青從戀人身上學了些武藝，可是喪屍只要頭部沒有受到破壞，受到再重的傷也不會「死亡」。相反地，她只要被對方傷到便得領便當。這次對上速度進化型的喪屍，堇青只能感嘆自己的運氣實在太差了！

要是還沒有與堇嵐拆夥，與它作戰時受了傷，堇青至少還有翻盤的可能。現在堇嵐不在身邊，堇青就只能小心翼翼地不要受傷了。

不過眞要較眞的話，堇青沒有獨自離開隊友，便不會來到這間超市了。即使如此，她並沒有後悔自己的選擇。她早已習慣遇上問題時迎難而上，而不是自怨自艾地懊惱著無法改變的過去。

「青青，它果然發現妳了！帶著其他喪屍走來，再不走便要被包圍啦！」團子焦急地提醒。

堇青果斷拿起背包、握著長刀便往外跑，果敢決斷，面對危險不見絲毫退縮！

一出超市，迎面便見一道黑影撲來，正是那隻進化喪屍。它的速度是最快的，也是它嗅到了活人的氣味跑在最前頭，因此最先來到堇青面前。

這喪屍是個穿著運動服的中年男人，它一邊臉頰像被人撕掉一般，不但破了一個血洞，脖子的皮也缺失了一部分。它的身材頗爲健壯，生前說不定是個喜愛健身的人。

龐大的身軀卻沒有影響它的敏捷，進化喪屍完全沒有一般喪屍行動間的僵硬與緩慢，速度比普通人類還要快，甚至比堇青更勝一籌！

堇青揮動長刀斬過去，喪屍抬起手便擋，結果對方也不知道是不是連體格都提升了，堇青的長刀斬不斷它的手，還卡在它的手臂骨頭上！

喪屍沒有痛覺，對此不痛不癢，右手被長刀制住，便伸出左手往堇青抓去！

堇青逼不得已只得鬆開握著長刀的手，迅速往後退開。也幸好她的動作決斷、速度也快，因爲只要稍有猶豫，說不定就會被喪屍抓傷。

沒有了長刀作武器，堇青身上還藏著一把匕首。然而喪屍的速度很快，使用匕首的堇青只能防守。她完全佔不了上風。

其他喪屍已經開始圍上，堇青見狀頓時心生退意。可惜那隻進化喪屍步步進逼，她根本無法脫身。

即使堅毅如堇青，此時也忍不住生出萬念俱灰之意。

難道在這個世界，我只能到此爲止了嗎？

我還沒找到他呀！

眞的要死在這喪屍手上嗎？

雖然感到很不甘心，可即使心裡再渴望生存、擁有再堅強的意志，也無法扭轉身處劣勢的事實。

高強度的戰鬥讓堇青的體力與精神開始跟不上，不小心便出現了失誤，進化喪屍藉著這機會張口直接向她咬過去。堇青揮出匕首還擊，誰知它一口咬住匕首，堇青怎樣也抽不出來！

此刻喪屍口裡咬著匕首，另一半原本完好的臉都被匕首割掉一半了，手臂上還卡著一把長刀，看起來恐怖猙獰之餘，卻又顯得有些滑稽。

要是人類受到這種傷早就死了，然而它本來就只是一具會活動的屍體，對此根本毫不在意，還能追著堇青跑！

到了此時，堇青眞的手無寸鐵了。她連連往後退，眼看便將命喪喪屍之手，此時，身後突然傳來一聲呼喊：「堇青，接著！」

堇青回首一看，便見葉曉明不知何時來到身後稍遠處，向她丟出一件小東西。

雖然看不清楚是什麼，堇青仍下意識把東西接住，這才發現對方丟過來的竟是一把掌心雷！

她頓時雙目一亮，有武器之後也不逃了，再次迎上追來的進化喪屍。

一旁的葉曉明並沒有幫忙的意思，站在他身邊的王凱東詢問：「怎麼不直接把喪屍射死就好？」

雖然進化喪屍的速度很快，掌心雷的射擊力也很一般，可王凱東覺得以髮小的能力應該能夠射死它才對。

這麼好的英雄救美機會，結果髮小竟然只往人家女孩子丟出一把掌心雷，然後便站在旁邊大剌剌地看著美人殺敵，這完全是註孤生的節奏呀！

葉曉明冷哼了聲，道：「要是有了武器卻連這點小事都辦不好，那麼她憑什麼進入我們的隊伍？」

王凱東原本還覺得對方在得知堇青脫隊後屁顛屁顛地過來找人，是對堇青有點兒意思。可現在聽到他冷酷的話，卻又不由得懷疑自己是不是誤會了？

難道自家髮小……還眞的只是單純看中堇青的能力？

就在葉曉明與王凱東二人交談之際，堇青終於逮著機會一槍擊中喪屍。這槍正中眉心，無論角度還是時機都抓得很漂亮！

堇青擔心掌心雷的殺傷力不足，因此擊出這一槍時與喪屍的距離不到四公尺。要是她使用的是火力強大的手槍，只怕這喪屍都要被她爆頭了……

王凱東見狀眼睛精光一閃，雖說掌心雷不須手拉滑架上膛，可也不是沒接觸過槍械的人能夠輕易使用的。

看堇青開槍的動作行雲流水，沒有絲毫猶豫，這女孩似乎不簡單啊……懂古武術，又懂槍械……堇青到底是什麼身分？

王凱東卻不知道，堇青在這個世界的確只是個初次接觸槍械的普通人，她是以前在其他小世界出任務時學會開槍的。

看到堇青解決掉進化喪屍後一臉解氣的模樣，王凱東突然領悟了。

只怕葉曉明之所以不去幫忙，是留著這隻喪屍讓堇青親自報仇呀！

王凱東這才想到堇青與大部分女生不同，不能以常理來猜度。一般女生、比如葉曉明那位前未婚妻，若被他要求自力更生殺喪屍，絕對只會嚶嚶嚶地哭泣不已。然而堇青不只強悍地幹掉了喪屍，甚至還一副覺得葉曉明很上道，沒有過來與她「搶怪」的模樣……突然覺得堇青的性格與葉曉明很相襯！

也只有這樣的女生，才能忍受得了葉曉明那陰晴不定、又不懂得討好別人的性格。就是不知道堇青對他，到底有沒有那種心思了。

王凱東覺得自己明明只是葉曉明的髮小，卻像他的老媽般爲他操碎了心，也是不容易啊……

終於把差點將自己逼到絕路的進化喪屍幹掉，菫青的心裡別提有多解氣了，看著雪中送炭的葉曉明，怎樣看，怎樣順眼。

「我去看看程海他們。」見菫青走過來，王凱東立即藉口去與正在殺喪屍的隊友會合，識趣地把空間留給兩人。

離去時，還向葉曉明眨了眨眼睛。

好兄弟，機會給你了。

是男人就要爽快出手！眞喜歡的話，爭取把人拿下來！

「……」默默看著王凱東離去的背影，葉曉明心裡滿是問號。心想剛剛對方明明還好好的，怎麼突然眼睛抽搐？是眼皮跳了嗎？

不待葉曉明去想到底眼皮跳是左吉右凶還是左凶右吉，菫青已來到他身前，一臉眞誠地道謝：「謝謝你！」

葉曉明比菫青高，菫青得仰起頭才能夠直視他。垂首看著仰望自己的少女，葉曉明心裡突然一陣悸動，覺得他們現在的姿勢……特別適合接吻。

雖然心裡泛起這奇怪的想法，然而葉曉明的表情卻完全讓人看不出絲毫旖旎。要不是堇青確定自己沒有得罪他，幾乎以爲對方在對她生氣。

之前經歷的兩個小世界，戀人的性格皆是大同小異，所以堇青便被慣性思緒影響，以至於雖然與葉曉明相處時總有種熟悉的特別感覺，可她心裡卻一直認爲陰晴不定的他不會是自家戀人的轉世。

後來仔細想想，即使是同一個靈魂，生長環境不同，對於人的性格便有很大影響。前兩世戀人都是位高權重的軍人，身處的環境也相對安穩，與現在身爲藥劑天才、又因爲被信任的人所背叛的葉曉明，性格自然會有所不同。

只是葉曉明雖然對堇青有著難以言喻的吸引力，然而堇青卻不確定對方到底是不是她的戀人。因此現在堇青首先要做的，便是先確認。

「青青，妳是打算再暈倒一次嗎？」團子好奇地詢問，它至今仍記得堇青裝暈，倒往安東尼奧身上的精彩表演。

堇青面無表情地說道：「不，以葉曉明的性格，要是我暈倒，我敢打賭他一定會任由我摔倒在地。」

「！！！」團子仔細想想，覺得猜測很有可能成立呀，這個人的警戒心就是這麼重！

「那怎麼辦？也許你們先培養一下感情？」團子不由得替她急了。

堇青悠然地說道：「對付這種性格的人，要是他不開竅，再怎樣相處下去也只會是兩條平行線。慢慢來這招可行不通，一定要下重藥才行。」

雖然堇青的表情很淡定，可團子不知道為什麼，覺得她要搞大事情了！

隨即它便看到堇青踮起了腳尖，吻上了葉曉明的唇瓣。

「！！！」團子震驚得目瞪口呆。

偏偏堇青還有心情與它閒聊：「我覺得這姿勢滿適合接吻的。」

不得不說，她與葉曉明的想法還滿相近的，該說不愧都是心有綺念的人嗎？

這一吻只為認人，帶著試探的成分。堇青並沒有深入，僅把唇貼上去而已。然而只是這麼一個接觸，她便感到心跳如雷。再看到驚訝得瞪圓了雙目的葉曉明那變得通紅的耳朵，一股熟悉的感覺排空而至。

堇青勾起了嘴角，閉上眼睛加深這個吻。

團子還想再看，可惜堇青已經屏蔽了鏡靈空間的連繫，阻擋它的窺視。

一開始堇青獻吻時，葉曉明著實愣住了，結果被堇青吻個正著。也許他的心裡也是願意的，不然以葉曉明的身手，真要躲過去是輕而易舉的事。

堇青原本只是將唇瓣貼上來，然而頓了頓以後竟還開始深入，葉曉明挑了挑眉，一把攬過對方開始反客爲主，頓時連空氣都變得旖旎起來。

當二人分開時，堇青已經臉頰泛紅，被吻得一臉的迷濛。

我是誰？這是哪裡？我在幹什麼？

見堇青這副不知今朝是何年的模樣，葉曉明冰冷的眼中閃過一絲柔情。然而很快又冷起臉，把人推開，質問：「妳幹什麼!?」

堇青一臉黑線，心想明明剛才他也很享受，結束後就把她推開，這也太翻臉不認人了吧？

確認了對方是戀人沒錯，堇青心裡想著之後再慢慢與他算帳，現在暫不與他計較。

面對葉曉明的質問，堇青露出了燦爛的笑容：「你救了我，我自然是……」

葉曉明打斷了她的話，很大度地揮了揮手，道：「舉手之勞而已，我不需要妳做牛做馬報答。」

「……」堇青都快要被對方的不解風情氣死了。

嘆了口氣，堇青道：「我是個人，當不了牛也當不了馬。只是想要以身相許而已，你要嗎？」

葉曉明聞言瞪大雙目，原本開始恢復的耳朵再次變得通紅。偏偏他又黑著一張臉，看似很嚴肅的模樣，意外地讓堇青感到了反差萌。

堇青想起了在陸世勳的那一世，當年她就是因為大將軍的反差萌而覺得對方很可愛，從而在相處時被對方的體貼所感動，最終日久生情。

現在在這個世界再遇戀人，她依然被對方口是心非的模樣萌到了。即使他的性格變得不同，可依舊還是被他所吸引。

人家女孩子都這麼主動了，他心裡也不是對菫青沒有意思，再彆扭也不會在這種時候把人往外推，沉默片刻，便很認眞地說道：「既然以身相許，那麼妳便是我的了。」

菫青頓時被他認眞地說著情話的模樣萌得不要不要的，笑容立即更燦爛了幾分：「嗯，是你的。」

看到菫青燦爛的笑容，葉曉明不禁柔和了神色。他心裡告訴自己別失了警惕，菫青這女生並不簡單，可別像面對何尹妮與蔡永華那樣，被害得差點兒沒了性命。

然而雖然心裡警戒，葉曉明卻不會把這份垂手可得的感情推開。他不是膽小的人，不會因爲一次的失敗而失去了愛人的勇氣。

更何況葉曉明根本不喜歡何尹妮，本就打算與她解除婚約。爲了那個水性楊花的女人而拒絕一段感情，她還沒有這麼大的臉呢！

第八章・到達S市

當王凱東他們解決掉四周的喪屍、過來與葉曉明會合時，便看到他與堇青之間的氣氛意外地融洽……他們之間好像有些不同了？

「青青！」程海高興地向堇青揮手。在團隊中他的年紀最小，難得來了一個更小的，自然高興得很，卯足了勁兒想要過過當前輩的癮。

誰知這舉動立即引起葉曉明的不滿：「別喚得這麼親熱，她現在是我的人。」頓了頓，葉曉明像爭寵似的，一臉不爽地向堇青呼喊：「阿堇。」

一瞬間，堇青有著想要哭泣的衝動。

果然是他！

即使性格變得不同了，戀人的本質還是沒有改變。

眾人都被葉曉明充滿獨佔欲的言論驚到，王凱東詢問：「你們在一起了!?」

雖然王凱東早就察覺到葉曉明對堇青的不同，然而他還以為對方的追妻之路很漫長呢！

這才多久的工夫，便把人追上了？

堇青嘆了口氣，低垂著眼簾：「這只是我單方面的糾纏，我說要以身相許時，雖然曉明沒有拒絕，但也沒有說喜歡我。」

說罷，堇青還露出失落的表情。

葉曉明：「……」

他想反駁，但這又好像是事實？

其他人看葉曉明的表情，簡直像在看一個玩弄感情的渣男。

所以老大其實對堇青沒有意思，但又不拒絕她，自恃著對方喜歡自己，一直吊著她囉？

太渣了！

雖然堇青說要報恩，可眾人都看出她對葉曉明的感情了。不是說人家妹子喜歡你才會「以身相許」，不喜歡的話便是「做牛做馬」嗎？

雖然覺得自家首領的處理方式很渣，可是難得他對一個姑娘有興趣，他們也只得支持他了。

無論如何，先把堇青哄進團隊裡再說。即使不說這些，單論戰鬥力，堇青也很出色，她的加入絕對是他們的一大助力。

王凱東問：「堇青，既然妳要向老大……以身相許……那妳要與我們一起走嗎？我們的目的地是S市。」

堇青早就猜到葉曉明的身分，自然知道他們此行的目的地，不過還是露出訝異的表情道：「誒？我也是要去S市呢！」

程海聞言高興地道：「那我們太有緣了！」

說罷，立即便惹來葉曉明的恐怖瞪視。

曼康妮笑得彎下了腰，覺得程海真是太逗了。這是禍從口出呀~禍從口出~

強烈的求生本能讓程海一秒改口：「堇青妳與老大太有緣了！」

葉曉明總算收起威壓，程海這才吁了口氣。

曼康妮與周文龍對望一眼，他們是情侶，自然知道墜入愛河的人是怎樣的模樣。看葉曉明剛才那醋意滿滿的樣子，分明是對堇青有好感嘛！

只是明明喜歡對方，老大怎麼就這樣彆扭呢？

要是堇青被他的態度冷了心，最後跟別人跑掉，那他真的哭也沒處哭了！

爲了葉曉明的幸福著想，眾人對待堇青的態度都很熱情。心想他們至少要把人留住，好讓老大慢慢攻略。

不然眼看著快要煮熟的鴨子飛走了，老大絕對會瘋的！然後他們也會遭殃！

堇青並不知道王凱東等人的心理活動，只是覺得葉曉明的隊員也太熱情了點。

不過雙方都是有能力的人，性格也相投，自然相處得很愉快。

很快地，堇青便融入了這支隊伍，迅速憑藉高強的實力獲得眾人的認同。

有了強大的隊友，還有戀人在身邊，堇青頓時覺得末世中的生活變得沒那麼艱難了。

一行人走走停停，終於在沒有減員的狀況下，順利來到了S市。

葉曉明一行人的到來，讓S市迎來一場騷動。

自從末世降臨，人類面對滅絕的危機，不少人變成喪屍，又或者死在末世災難中。亦有不少城鎮淪陷，變成了被喪屍佔據的死城。

S市是一個幸運之地，這裡有著各種基建，是一座可以自給自足的大城市。加上鄰近第五軍團駐軍的基地，軍隊救援及時，在一開始便保住了城裡的大型基建。後來更是慢慢肅清了喪屍，成爲國內爲數不多的安全區。

在末世中，拳頭硬便是道理。因此雖然市長陳偉業原本是S市的最高領導者，但在葉家統領的第五軍團進駐後，他也只得靠邊站。

雖然葉家並沒有佔地爲王的心思，做決策時也會很厚道地詢問陳偉業的意見，可對他來說，現在的狀況還是與他當權時有著很大的落差，心裡已把葉家恨上了。

陳偉業認爲若沒有葉家奪權，那他現在還是S市說一不二的當權者，而不是變成一個事事要看葉家臉色的傀儡。

不過他也不想，要是沒有葉家插手，也許S市早已失陷。更何況，葉家眞有奪權的心思的話，要把他完全架空、甚至偷偷弄死，都是很容易的事情。反正在末世混亂中，總是有人無聲無息地死去，不是嗎？

就算葉家光明正大地把陳偉業幹掉，別人也不敢說什麼。有幾個安全區的當權者都已自立爲王，只是葉家軍人作風，有能力也只想著要保家衛國，並沒有這種乘機上位的野心。

何況葉家的家主、也就是葉曉明的大哥葉曉光，看事情的眼光很準。他知道末世降臨雖然令社會秩序崩潰，然而只要人類捱過了最初的艱苦時期，喪屍的存在並不足以撼動人類的文明。

現在國家忙著救災，暫時騰不出手來理會那些自立爲王的人。然而等國家控制住喪屍的災害以後，便是那些野心家倒楣之時。

葉曉光熱愛這個國家，因此他想做的是守好S市，待國家安穩以後，再把權力交接出去。

雖然葉家並不戀權，然而別人並不知道葉曉光的想法。在他們看來，S市變成葉家的一言堂也只是時間問題而已。此時葉家的二少爺葉曉明安然無恙地來到了S

市，他的存在自然是萬眾矚目。

得知葉曉明還活著，葉家眾人、尤其是身爲兄長的葉曉光自然欣喜若狂。自從同爲軍人的父母在出任務時去世後，葉曉光便親自把葉曉明拉拔長大。雖然葉家的叔伯都對他們兩兄弟很照顧，然而對葉曉光來說，葉曉明才是他最爲重要的親人。

末世剛至，葉曉光立即便想前往T市尋找弟弟。可惜那時狀況非常混亂，當葉曉光終於能派人到T市時，卻已經找不到弟弟的蹤影。

雖然弟弟工作的單位有軍人保護，只是在如此混亂的環境下，很多事情都說不準，他實在不得不爲弟弟的安全憂心。

現在弟弟不只完好如初地回來了，團隊中還有一個他不認識的女生，聽說是弟弟的女朋友？

得知堇青的身分時，葉曉光是不認同的，畢竟葉曉明已有了何尹妮這個未婚妻。還是王凱東看出葉曉光的表情不對，偷偷把葉曉明與何尹妮的恩怨告訴他。

之前王凱東與堇青並不熟，沒有告訴她蔡永華與何尹妮兩人在丟下葉曉明逃跑時，以爲葉曉明必死無疑，便得意忘形地告知他兩人早有私情。

葉曉光聽過王凱東的解釋後震怒萬分。何尹妮與蔡永華也到了S市，因爲弟弟的關係，葉曉光對二人特別厚待，誰知道他們一個是葉曉明的好兄弟、一個是他的未婚妻，竟然有了私情，還想要暗害自家弟弟！

以前因爲婚約，葉家對何家便已特別優待。葉家也不是不講道理的家族，要是何尹妮眞的不喜歡葉曉明，他們也不會糾纏著不放。可惜兩家這麼多年的情誼，這次都被何尹妮這個小丫頭毀了。

有了何尹妮這個忘恩負義的女人比較，便顯得嚷著要報恩的堇青難能可貴了。這女生對弟弟的情意連他都能看得出來，雖然她自我介紹的內容實在讓人哭笑不得：「葉大哥你好，我是堇青。因爲想要報恩，便一直跟在曉明的身邊。」

葉曉明：「……」

每次聽到堇青這麼說，葉曉明都覺得心塞得很。想要反駁，卻又覺得下不了面子。

而且不知道爲什麼，這種心塞的感覺……好像有點熟悉？

葉曉光實在太了解自家弟弟了，要是沒有對堇青動心，堇青再死纏爛打，弟弟也不會讓她跟在身邊。就是不知道他們在玩什麼，這是情趣的一種嗎？年輕人就是會玩。

堇青等人知道葉家兄弟很久不見，與葉曉光打過招呼後，便把空間留給了久別重逢的兩兄弟。

總算等到了獨處的時候，葉曉光看著弟弟恨鐵不成鋼地道：「喜歡的話便把人追到手，這麼吊著不上不下算什麼？我們葉家可沒有孬種！」

「我有送定情信物給她了。」葉曉明表情還是欠揍的酷，然而熟知他的葉曉光卻能從弟弟的表情中看出一絲委屈。

葉曉光疑惑地皺起了眉：「堇丫頭不像個會瞎折騰的人，既然收了你的信物，她應該不會否認關係才對……你送了她什麼？」

葉曉明道：「我的那把掌心雷，我覺得誠意很足了。」其實葉曉明並沒有特別提出要把手槍送給堇青，只是沒有把掌心雷收回來而已。

對葉曉明來說，沒有收回來就是送出去了……

葉曉光想起弟弟小時候曾經被綁架，雖然最後安全救了回來，但還是把他嚇到了。於是葉曉光便開始費盡心思地爲弟弟尋求自保的方法，弟弟還小，領不了槍牌，葉曉光便讓人訂造了一把掌心雷，將手槍的零件拆開偷運進口。雖然此舉不合法規，可那時候葉曉光卻顧不得了。

結果這把掌心雷還眞的派上用場，多次救了葉曉明的性命，被他珍視地貼身放在身邊多年。葉曉明選擇這把手槍當定情信物，誠意的確是很足夠了。

只是……

「堇丫頭知道這把掌心雷對你的意義嗎？」葉曉光這詢問一矢中的。

葉曉明不說話了。

看著一臉倔強的弟弟，葉曉光好想打人，便開口訓道：「你不把話說明白，對方怎會知道這把掌心雷是你的寶物？何況女孩子喜歡的不外乎是像首飾或包包這些漂亮的東西，你倒好，送手槍是想怎樣？也是堇丫頭脾氣好，要是我的話，絕對會糊你一臉！」

此時葉大哥還不知道葉曉明口中的「送出」是怎樣的送法呢，不然只怕他會更激動。

雖然被大哥訓話有些不爽，但對方的話確實給了葉曉明一些啓發。

也許他該物色另一份禮物給堇青，然後再正式向她表白？

如果說一開始葉曉明只是對堇青有好感，很想親近對方，經歷了一起前往S市的旅程以後，他卻發現已經無法想像沒有對方在身邊的日子到底該怎麼活了。

葉曉明並不認爲堇青眞的是爲了報恩才待在他身邊，只是之前大家都在一個團隊，對方不想脫隊的話只能與他待在一起。可現在已經來到S市，他們就沒有了必須朝夕相對的理由。

這讓葉曉明開始有了危機感，也就是這股危機感，讓他確認了對堇青的感情。

雖然對方總是嚷著要以身相許，還經常撩他，然而他卻不確定對方是不是也對他有著同樣心思。

現在回想起來，葉曉明覺得自己對堇青還眞的不怎麼樣。第一次見面時便要求與對方決鬥，相處時也對她很不客氣。葉曉明覺得，要是有人這麼對自己的話，即使不把人恨上也絕對會討厭對方。

堇青也不是個容易被欺負、願意受氣的人，自己對她這麼壞，堇青她……眞的會喜歡自己嗎？

愈想，葉曉明愈對自己沒自信了。

正所謂「由愛生怖畏」，因爲眞的喜歡上了，心裡這才有著諸多的不確定，相處起來變得小心翼翼。

葉曉明身爲葉家二公子，他與從軍的葉曉光不同，從小便對醫學很有興趣。葉家雖然是軍事世家，卻沒有限制他的發展，而是大力支持。

在葉家的支持下，再加上他的努力與卓越的天賦，年紀輕輕便已成爲了國家頂尖的藥劑人員。

從小便沒有受過什麼挫折，形成了葉曉明唯我獨尊的性格。唯一一次受挫便是被好友與未婚妻坑了，那次讓他差點兒連性命都搭上。之後他感到心灰意冷，對別人的不信任感大大提升，那段時間就連脾氣也變得更差了。

葉曉明自知並不討人喜歡，而他本也不屑於討好任何人。

可如果對象是堇青……他卻願意爲心愛的人多費些心思。

第九章・權力鬥爭

這邊葉曉明暗搓搓地為堇青準備禮物，另一邊他的回歸卻讓不少人坐立難安。其中最為不安的，便是背著葉曉明互相勾搭，並且在他被喪屍攻擊後把人割腕放血，利用對方引走喪屍的何尹妮與蔡永華。

何尹妮得知葉曉明回到S市後，便一直無法冷靜：「他明明都被喪屍咬到，還被我們割腕放血，怎麼沒有死呢？」

相較於方寸大亂的何尹妮，蔡永華倒是比較冷靜，他擁住一臉慌亂的戀人，滿含柔情地說道：「放心吧，尹妮，我會保護妳的。」

「你憑什麼保護我？葉曉明是葉家二少、是真正的天之驕子，你是什麼？你給葉曉明提鞋也不配！」何尹妮心裡尖叫，臉上卻滿是感動地依偎在對方懷裡。

何尹妮與葉曉明彼此父母是至交好友，其實兩人所謂的婚約也是母親之間的戲言。不過因為兩家關係很好，雙方父母的確有著讓孩子們多相處的想法。

何尹妮從小便很喜歡葉曉明這個帥氣又能幹的大哥哥，得知二人有婚約時，更一直夢想著能夠嫁給對方。誰知道對方卻看不上她，還言明會與她解除婚約。於是從小也是受著萬千寵愛長大的何尹妮，頓時心生怨恨了！

當她發現葉曉明的好友蔡永華暗戀自己時，出於報復心態，便與對方好上了。

其實何尹妮並不喜歡蔡永華，無論相貌、才情與家勢，對方都沒有葉曉明出色。因此她雖然一直享受著給葉曉明戴綠帽的快意，可是卻又不願意放棄他這個條件這麼好的未婚夫。

即使被葉家知道自己與蔡永華的戀情，何尹妮也不害怕。反正兩家的感情一向很好，加上葉曉明不只一次地明說了不喜歡她，因此她給對方戴綠帽戴得心安理得，甚至還有些想知道對方得知真相後的反應。

誰知葉曉明還真的對她這個未婚妻毫不關心，直到末世降臨了也沒發現她與蔡永華的姦情。

末世局勢混亂，何尹妮便利用未婚妻這個身分讓葉曉明對她多加照顧。

直至對方被喪屍咬到，她與蔡永華才丟下發著高燒的人，更趁他無力抵抗，割開他的手腕放血來引走喪屍。

她同時也把與蔡永華的關係告訴了當時尚有意識的葉曉明，對著他好一陣冷嘲熱諷後才離去。

當何尹妮兩人來到S市後，發現葉家已經掌權，於是便利用葉曉明未婚妻的身分，從中獲得了不少好處。

誰知道葉曉明竟然沒有死，還回到S市！

何尹妮得知此事後都驚呆了！

心裡又驚又氣，要是早知道對方這麼命大，被喪屍咬到後還不死，而且更能安然回到S市，她當初就不會做得那麼絕了。

可惜世上沒有如果，既然已經做了，現在後悔也沒有用。何尹妮知道葉曉明若是回來，這些事情便不再會是祕密，她也不敢再隱瞞了，只得將事情告知父母。

葉何兩家是世交，何尹妮的父母與葉曉明的父母更是至交好友。得知自家女兒做的混帳事情後，把她罵得狗血淋頭。

雖然何家夫婦心裡覺得女兒做出的事過於狠毒，可畢竟是自己的女兒，再生氣也不能眼睜睜看著她送死。要是他們不介入，只怕女兒的性命就難保了。

何家夫婦立即帶著何尹妮去葉家請罪，姿態擺得很低。可惜葉曉明這個當事人很乾脆地說不想見她，最終只得由葉曉光這個葉家家主代爲接待。

老實說，何尹妮做的事實在太狠毒，要不是看在何家夫婦的份上，葉曉光也會讓她吃閉門羹的。

得知三人來意後，葉曉光冷冷說道：「看在何世伯與伯母的份上，我給何尹妮兩個選擇。一，讓人割破她手腕的動脈，並把她丟進喪屍群，那雙方的恩怨便一筆勾銷。二，讓她離開S市，從此曉明走到哪她都要避開，再也不要出現在曉明的面前！」

聽起來第二個要求比第一個輕鬆許多，可現在正値末世，外面多得是吃人的喪屍，就連人類都可能因爲一包小小的泡麵而自相殘殺。把人趕離S市，無疑是讓何尹妮置身隨時喪命的險境。

何況現在喪屍數量這麼多，完全消滅都不知道要何年何月了，即使何尹妮能夠安然到達其他安全區，可萬一葉曉明某天也過去了，難道她又要爲了避開對方而離開嗎？這還給不給她活路!?

眼看S市的情勢愈來愈有盼頭，何尹妮早已過慣了安穩的生活，又怎麼願意離開？她無法置信地喊：「曉光哥你怎能這麼狠心，你就不能看在爸媽的份上原諒我一次嗎？反正葉曉明最後不也沒有什麼事？」

葉曉光冷笑道：「沒事是曉明他運氣好，這可彌補不了妳傷害他的事實。要不是看在何世伯與伯母的份上，妳還以爲現在可以好好地站在這裡嗎？別挑戰我的耐心。如果眞的像妳所說般妳已萬般後悔，那便爲妳之前的罪孽贖罪。要是妳不想的話我也不勉強。」

何尹妮還想說什麼，何家夫婦卻已嚴厲地讓她閉嘴，並向對方鄭重保證：「我們立即收拾東西，會盡快把尹妮帶走。」

葉曉光面對從小看著自己長大，在父母過世後對他們兄弟倆依然很照顧的何家夫婦，心裡有些不忍：「世伯、伯母，你們沒必要與她一起離開的……」

何尹妮聞言真的害怕了，要是她的父母也不管她，她獨自一人在外面怎麼過活呀？

何父搖了搖頭，道：「我們就只有尹妮一個女兒，怎能讓她獨自流落在外？何況做出這種事情，我們當父母的也有責任。要不是我們過於寵溺她，她也不會變成現在這樣。」

既然何家夫婦已有所決定，葉曉光便沒有多說什麼。讓何尹妮活著離開S市已是他可以做出的最大讓步，他總要給弟弟一個交代。

葉家的人，絕不會平白讓人欺負！

何家之前雖然是家世顯赫的富豪，然而末世之際，錢都變成了廢紙，要不是有葉家護著，他們絕對無法在S市活得這麼安穩。

現在失去了葉家的庇護，他們頓時與那些逃難的難民沒有分別。

當何尹妮與父母離開S市時，這才眞的後悔了。她完全無法想像過去的自己爲什麼會這麼蠢，弄到此等田地。

葉家人重情，即使她與葉曉明退婚，可憑著自家父母當年對葉家兄弟的照顧，他們必定會照看著何家。到時候何尹妮雖然無法像以前活得那麼富裕，至少生活安穩，這在末世中已足以讓人羨慕了。

可現在，這些都被她毀了，還連累父母陪著她前往未知的危險！

何家三人離開S市時，遇上路過的葉曉明一行人。當時他們三人混在一群難民中，而葉曉明則依舊是個天之驕子。

何尹妮看到葉曉明身旁的短髮女子向他說了些什麼，隨即他竟是柔和了神色，甚至還笑著回了女子的話。

何尹妮恍然，原來葉曉明也會露出如此柔軟的神情，只是不會這樣對她罷了。以往何尹妮還能夠與他並肩而走，可現在雙方卻是雲泥之別，葉曉明甚至完全沒有注意到他們！

想到還有不知怎樣悲慘的命運等待著她，何尹妮滿心都是後悔，不知不覺已淚流滿面。

可惜現在再悔恨，已是於事無補。

何家三人在離開S市的時候，誰都沒有顧及另一名事主，蔡永華。

何尹妮本就對他沒有多少感情；至於何家夫婦，自家女兒都還沒有信心能夠保得住，哪有閒情去理會這不相干的人？甚至他們還有些遷怒於對方，覺得女兒雖然有些任性，但仍是個好孩子，她會做出這種事情絕對是受到了對方的唆使。

因此蔡永華到了第二天才驚覺何尹妮不見了，當時他還以爲對方被葉家報復。

蔡永華倒是眞心喜歡對方，竟跑到葉家去要人，這才知道他的愛人早已到葉家請罪，並撇下他跑了！

葉曉光與蔡永華沒有交情，自然沒有像面對何尹妮般留情。他以牙還牙地直接讓人割破蔡永華的手腕，並將人丟到城外喪屍聚集的區域。至於對方能否活下來，這便看他的運氣了。

葉曉明得知兄長對何尹妮與蔡永華的處置後，並沒有說什麼，默認了兄長的處理。倒是堇青覺得他們對何尹妮的處置太輕了，雖說兩家相交多年，可何尹妮對葉曉明下狠手的時候，怎麼不見她顧念一下雙方的情誼呢？

見堇青對此耿耿於懷，葉曉明心裡不由得一暖。如果對方不是把自己放到心上，又怎會因爲他曾受過的傷害而如此憤慨？

葉曉明冷冷說道：「別管她了，反正是不相干的人，以後都不會再見了。」

聽到葉曉明這種與對方撇清關係的話，堇青眉眼舒展開來。雖然早已知道兩人並未有任何「姦情」，可只要一想到戀人曾與其他女人有過婚約，便覺得很不爽。

一旁的程海聽到葉曉明一臉冰冷地說出這求生欲極高的話，差點忍不住要噴笑了。

雖然老大說這話時表情冰冷，可程海卻覺得怎麼看怎麼心虛呀！

現在他們正身處S市的研究中心，葉曉明一直心心念念想著怎樣攻剋肆虐全球的喪屍病毒。即使在逃亡中，他也從沒有放棄研究。現在來到生活環境相對安穩的S市，自然立即陷入了研究的海洋中。

在研究疫苗方面，無論是王凱東、曼康妮，以及周文龍都幫不上忙。於是他們從葉曉光那裡領了其他工作，被分派到別處出任務了，只有本就是葉曉明助手的程海留在他身邊。

讓人驚訝的是，想不到菫青竟對中醫領域有著深厚的了解。中醫與西醫就像存在於不同世界的事物，有著本質性的不同。比如中醫說的「陰陽五行」，在西方醫學面前簡直就像封建迷信的東西。當程海他們得知中醫裡所謂的「心、肝、脾、肺、腎」所代表的意思，與西方醫學有著許多不同時，他們都覺得自己猶如在聽天書一樣。

然而數千年文化形成的醫療體系，自然有其獨特之處。菫青以與藥劑學完全不同的中醫手法，竟然找到了一些能夠延緩病毒入侵的藥材，還爲葉曉明的研究提供了不少新的思路。

在菫青的幫忙之下，疫苗的研究獲得重大突破。大家都被菫青的能力折服，後來還乾脆讓她加入疫苗的研究團隊。

葉曉明曾被喪屍咬過，是一個被病毒二度入侵，卻憑藉自身體能熬過去的人。因此他體內病毒的抗體遠超於一般人。

這傢伙乾脆把自己當作研究材料，每天抽取不少血液來研究。堇青雖然非常心疼，不過見對方很有分寸，且此舉並未對身體造成實際傷害，便由他了。

能夠與堇青一起進行研究，意味著他們還有很長的時間綁在一起。結果原本急匆匆想要再送出一份合心意定情禮物的葉曉明，又猶豫了。

實在是兩人一開始的相處太不愉快了些，葉曉明很心虛呀！

他想著要找個良好氣氛下、二人獨處的機會，才送出禮物……這樣的話，至少堇青要揍他出氣時，才不會被人圍觀。

只是在葉曉明還在等待合適的送禮時機時，麻煩卻找上門了。

在S市膽敢找葉家人麻煩的，也只有那個看不清楚形勢、野心勃勃地想把葉家趕走，自己好取而代之的S市市長，陳偉業。

誰都知道葉曉明對研究的熱情與看重，而且特別討厭進行研究時被打斷，所以眾人基本上不會在他工作時打擾他。

這種情況下，當葉曉光的心腹一臉嚴肅地前往研究室找葉曉明的時候，堇青便知道出事情了。

見那人不光打斷了葉曉明的研究，而且神色還很凝重，堇青心裡頓時警鈴大響。她沒有忘記曾經的猜測，葉曉明很有可能是原主記憶中那個研究疫苗的葉家人，而且最後還被殺了，只是卻不知道到底是什麼時候被殺。

先前堇青之所以堅持進入研究室，便是想要就近保護對方。

見那人喚葉曉明前往會議室，堇青連忙道出她也要跟著一起去。這要求聽起來很無禮，甚至有些恃寵而驕，可是為了葉曉明的小命著想，堇青也顧不得別人怎麼想了。

葉曉明聞言有些訝異，但還是答應了對方的要求。那名下屬原本想反對，不過看到葉家二少表態了，便把想要說出口的話嚥了回去。

身為葉曉光的心腹，這人自然知道二少對堇青的心意，加上自家長官對這位未來弟媳很看重，他就不做這個拒絕她同行的惡人了。要是會議不能讓堇青旁聽，到時候自然會有別人請她出去。

三人來到了會議室，堇青快速掃視了下室內情況，便見S市的高層都在裡面，正等待著葉曉明的到來。

葉曉明雖然是葉家二少，然而他醉心研究，一般不會參與S市的重大決策。現在這些人把他叫來，堇青立即察覺到事情不尋常。

到底是怎樣的會議，得要這段時間都窩在研究室裡，兩耳不聞窗外事的葉曉明出席？

葉曉明顯然也察覺到異樣，不過他不畏懼，裝作不知地詢問自家兄長：「哥，你找我有什麼事情？」

葉曉光臉上滿是嘲諷地道：「找你的人不是我，是陳市長。這事情就讓他親自說吧！」

葉曉明挑了挑眉，聽到兄長這話時心裡便有數了。大約是那個陳市長對付不了自家兄長，便把他這個葉家二少當軟柿子捏。就是不知道這傢伙會用怎樣的藉口來對他出手。

被葉曉明陰狠的眼神盯著，陳偉業心裡生起一陣寒意。他也是打聽過對方才出手的，資料上說葉曉明是個學者，來到S市後便一頭栽進疫苗的研究，對其他事情不聞不問。

因此在陳偉業心目中，葉曉明是個沒啥野心與攻擊性的書呆子。

可現在他卻覺得自己錯得離譜，他感受到了對方恐怖的氣勢——這哪是個書呆子，根本就是個在刀槍彈雨中走過來的狠人吧？

不過想到所獲得的情報，陳偉業對於對付葉曉明又有了信心。這事關乎在座眾人的利益，畢竟人都是自私的，到時候所有人都會站在他這邊。葉家是勢大沒錯，可在大義面前，他們也只得把葉曉明交出來。

其實對於陳偉業來說，葉曉明這個不攙和權力的葉家二少，本是個無關痛癢的存在，怪就只怪他是陳偉業真正要對付的葉曉光的弱點。

陳偉業裝出一副為難的模樣，道：「我的人前幾天在城外救出了一個被喪屍襲擊的人，後來才知道他是葉二少你的朋友蔡永華。可惜他那時已經重傷，我們救出他以後不久便不治了。蔡永華在死前告訴我們，葉二少你曾被喪屍咬到，可卻奇蹟地痊癒了。我們都猜二少你的體內也許有對抗病毒的抗體，因此希望二少你能夠配合研究。」

說是配合研究，其實就是想讓葉曉明當實驗材料。

陳偉業認為葉曉明一定不會答應這個要求，以葉家人護短的性格，必定會選擇保住葉曉明。到時候他便可以公開這件事，控制輿論抹黑葉家自私自利，讓葉家的聲譽一落千丈。

聽到陳偉業的話，眾人都沉默了。葉家人心裡憤怒，至於支持陳偉業的人則在心裡冷笑。無論贊成還是反對，誰都不想率先表態，一時室內氣氛異常凝重。

葉曉明挑了挑眉：「所以陳市長覺得，我應該把自己貢獻出來當實驗材料？」

陳偉業大義凜然地道：「我知道這個要求很過分，可這關乎到了全人類。要是葉二少願意犧牲，所有人都會感激你的。想想只要犧牲葉二少一人，便能拯救所有人類……」

一頂又一頂的帽子扣下來，彷彿只要葉曉明拒絕，便會成爲全人類的罪人。

葉曉光聽得不耐煩了，直接把話攤開：「好了，你別再說，曉明不是正在研究疫苗了嗎？他本就是把自己當作『材料』來研究。」

慷慨激昂發表著偉論的陳偉業，聲音倏然而止。

「……」市長派系的人簡直不相信自己聽到了什麼，他們搞了這麼大的一場戲想逼迫葉曉明，對方卻早已高高興興地拿自己當研究材料了？

不帶這麼不按牌理出牌的！

一些中立派系的人聞言也是震驚，然而震驚過後卻感動了。葉曉明是葉家二少，要是他不願意誰也逼迫不了他。可他爲了全人類的幸福，卻願意犧牲自己，這是多捨己爲人的崇高精神啊！

堇青看到那些人感動得不得了的模樣，心想無論是市長派還是中立派的人的反應也太有趣了。他們該不會以爲研究疫苗，得要把葉曉明切片研究才行吧？

這絕對想多了！

這傢伙頂多抽了些血來研究罷……

「原來葉二少一直拿自己作研究對象，難怪他來到Ｓ市後臉色這麼蒼白……」其中有些人不忍地說道。

堇青：「……」

不，他只是因爲經常宅在研究室，長期不曬太陽，皮膚才變得愈來愈白而已。

陳偉業臉都黑了，他很想指責葉曉光說謊。可他知道既然對方會這麼說，那就是眞有其事，而且一定有眞憑實據來證明。

看到中立派系的人一臉動容，陳偉業雖然迅速結束了這個話題，想當作什麼事情都沒有發生，可惜卻還是在會後傳了開去。

原本葉曉明拿自己來當研究材料一事只有葉家派系的少數人知道，他們也沒有把事情大肆宣揚的打算。

結果被陳偉業這麼一鬧，事情便鬧得人盡皆知了。何況經由他人捅出來，可比自個兒大肆宣傳的效果來得更好。

這場會議不只爲葉曉光賺足了民心，也把葉家的聲望推至新高。

堇青心裡幸災樂禍，陳偉業這次絕對是偷雞不著蝕把米。想到這人很有可能是原主那世殺死葉曉明的主謀，看到他倒楣，堇青便感到高興了。

第十章・死劫

自從那次陳偉業對葉曉明出手以後，市長一派與葉家可說是撕破臉了。往後一段時間陳偉業便迎來了葉家猛烈的報復，讓陳偉業苦不堪言。

這還是葉曉光不想S市好不容易才重新建立的秩序被毀，才沒有對陳偉業使用武力，不然只怕現在他已經死翹翹了。

即使如此，葉家也幾乎將陳偉業一派的人全都擠出了S市的權力核心。陳偉業實在是後悔萬分，先前葉曉光一直不出手，讓他有種可以與葉家抗衡的錯覺。

誰知道對方不出手則已，一出手便捏著敵人的七寸往死裡打。這段時間葉家挖出了市長一系的各種黑料，直把他們的名聲變得臭不可聞。

陳偉業挖出葉曉明有病毒抗體，想藉此向葉家潑髒水。結果葉家便挖出他的黑料，狠狠地報復過去。以其人之道還治其人之身，手段直接又凶狠，堇青覺得實在大快人心！

不過她此時也沒心情去理會陳偉業了，因為葉曉明的疫苗已來到了關鍵階段，堇青正見證著這歷史性的時刻。

在原主記憶中，這個時間點S市那名藥劑天才還遠遠未把疫苗研究出來。只是這一世先有堇青這個強大的戰力加入葉曉明的隊伍，大大加快了他們到達S市的時間；再有她這個神醫給予了不少有用的意見，因此疫苗成功研究出來的時間大大提前了！

根據原主那一世的記憶，堇青覺得陳偉業很有可能要對葉曉明出手了，這幾天她都緊黏著對方，差點兒連晚上都想與對方住在一起。

然而又是幾天過去，卻依舊風平浪靜。眼看葉曉明的疫苗研究已進入尾聲，堇青忍不住產生疑惑，難道這一世葉曉明的結局已經改變了，因爲陳偉業的勢力已經被瓦解得差不多，所以他的殺身之禍也隨之消失了？

「團子，我的任務已經完成了嗎？」堇青問。

團子提醒道：「沒有喔。如果任務完成，青青妳會竊取到天道之力的嘛！青青妳怎麼了？這幾天都心不在焉。」

堇青抿嘴道：「我記得團子你說過，盜取天道之力必須完全改變原主的命運才行。只要還有些微重蹈覆轍的可能性，任務都不算是完成。然而理論上我已經來到了S市，生命應該有了保障，一切都往好的方向發展才對，可是卻一直沒能完成任務。」

聽到堇青的話，團子也覺得疑惑，歪了歪頭，用奶聲奶氣的嗓音猜測道：「會不會得要等末世完全結束後，才算是眞正扭轉了原主的命運呢？畢竟在末世生存很危險，還是隨時有機會喪命的嘛！」

堇青卻覺得不是這個原因，畢竟原主死去時，人類社會已經逐漸恢復過來。喪屍本就只是沒有生命的行屍走肉，只要人類不再繼續增加傷亡，爲喪屍添加戰力，它們隨著時間的流逝自會開始腐爛，久而久之便無法活動。

何況S市在原主知曉的末世安全區中是最爲卓越的存在，又是葉家的地盤，堇青認爲自己待在這裡並不會有什麼危險。

因此她更偏向於危險是針對葉曉明的，而一直留在他身邊的自己，絕不會在對方有危險時撒手不管，便有了被牽連的可能性。

故此她的任務至今仍未完成，歸根究柢是因爲葉曉明的死劫並未過去。

「你監視陳偉業那夥人的時候，有什麼發現嗎？」董青詢問。

團子道：「沒有呢。自從與葉家撕破臉後，他們主要都在對付葉曉光，葉曉明已經不在他們的攻擊範圍內。」

雖然團子擁有上帝視角，可以隨意監視這個小世界的人。然而他們並不確定害死葉曉明的人是陳偉業還是他的同夥，因此團子得監視的人變多了，頓時分身乏術了起來。

這也是爲什麼之前陳偉業救了蔡永華，並計畫針對葉曉明，團子卻不知曉的原因。

董青也知道團子無法面面俱到，因此才一直跟在葉曉明的身邊以防萬一。

雖然這幾天風平浪靜，可董青卻一直心裡很不踏實。她不知道這到底是因爲原主的記憶所影響，還是因爲危險將至的預感。

在董青小心警戒著的時候，久未見面的周文龍前來研究所找他們，並帶來一個令堇青意外的消息：「堇青，我碰到妳的妹妹了！」

周文龍的話讓堇青感到非常意外，雖然堇嵐一行人也是以S市爲目標，在原主的記憶中他們最終的確安全來到了S市，可時間卻應該在更久之後，想不到堇嵐他們這麼快便到了。

果然是因爲她的出現讓旅程多了一些改變，結果間接影響到堇嵐他們的生命軌跡了嗎？

雖然堇青此刻使用的身體與堇嵐血脈相連，只是她與對方的價値觀有著太大的差距，因此得知她也來到了S市的消息時，並沒有想與對方見面的打算。

其實眞正說起來，她與堇嵐的感情並不算深厚，勉強相處也只會造成不愉快，那倒不如各自安好吧。

「是嗎？她能夠平安來到S市，那就太好了。」堇青道。

然而周文龍卻搖首道：「我看到陳偉業的心腹把她帶走，那時候她的模樣看起來……似乎並不是自願去的，我好像看到她被那個戴眼鏡的男生押著走了。」

堇青眼中精光一閃：「戴眼鏡的男生……是林景輝嗎？」

周文龍點頭：「對對！就是這個名字！」

說罷，周文龍續道：「我因爲好奇，便去調查一下，發現他們把妳妹妹押進去的那棟大樓，是陳偉業建立的研究所。當初二少來到S市接手了疫苗的研究，陳偉業不甘落後，在那棟大樓另設了一個研究所，想與二少分庭抗禮。可惜他聘請的研究員比不上二少，研究進度遠遠落後。不過我打聽到，最近那個研究所研究出一種藥物，要是不幸被喪屍咬到，服用那藥可以增強抵禦病毒入侵的抗體，聽說藥物已經開始投入使用了。」

聽到周文龍調查大樓的結果，再結合對方看到堇嵐時她的情況，堇青心裡有了可怕的猜測。

林景輝他……只怕把堇嵐「賣」了吧？

就不知道陳家晴與曾家三口還有沒有與堇嵐在一起，對這件事情有什麼看法？

看林景輝這麼輕鬆地便把堇嵐交給了陳偉業的心腹，那些人即使不是幫凶，也應該像原主上輩子被同伴對付時那樣冷眼旁觀吧？

堇青都不知道該說堇嵐什麼好了，她擁有自癒能力，而且還對喪屍病毒免疫，在末世中的生存條件可比別人好太多了，然而卻活成了別人的實驗材料。果然在這種世道，當聖母就要有倒楣的覺悟！

堇青是不太想管她的，畢竟當時她已經警告過對方不要洩露自己的能力，然而對方卻一意孤行地要作死，那便得承擔後果。

想到現在市長一派與葉家已經撕破了臉，葉家的人光明正大慣了，雖然把對方打壓得抬不起頭來，可也沒有因爲私怨而把人趕走，只是把他擠出了S市的權力核心而已。

也許對葉家來說，陳偉業這些政客只有一張嘴，也沒必要趕盡殺絕。然而堇青卻覺得把這人留著總是個隱憂，畢竟政客殺人很多時候就只是出一張嘴而已，不是嗎？

這一次要是坐實了陳偉業設立的研究所在做人體實驗，那麼便是把市長一派趕走的最好理由。

即使是道德淪喪的末世，有些底線也是不能跨過的。畢竟誰也無法保證自己會不會成爲對方的實驗品，到時候他們不用多做什麼，便能讓市長一派的人變成人人喊打的過街老鼠。

想到這點，堇青便表示：「既然小嵐來到了S市，那我身爲姊姊，自然應該去探訪她一下。」

葉曉明自然不會讓堇青一個人去冒險：「我跟妳一起去。」

周文龍也道：「我來帶路吧！」

葉曉明點了點頭，隨即聯絡了王凱東，讓他帶人包圍著大樓隨時候命。

在葉曉明聯絡王凱東的時候，堇青笑著向周文龍道賀：「我還沒恭喜你們呢！康妮她現在應該有五個月身孕了吧？身體還好嗎？」

來到S市以後，周文龍與曼康妮結婚了。末世中物資缺乏，他們結婚也沒有大排筵席，只是相約親朋好友吃了一頓。

兩人結婚不久，便傳出曼康妮懷孕的消息。只是那時候周文龍忙著出任務與照顧妻子，堇青等人則忙著進行研究，一直都沒有見面的機會。

要不是這次周文龍因為正好撞見堇嵐被陳偉業的人押走，過來通知堇青，她至少要等葉曉明把疫苗後續事情忙完後，才有空去探望他們。

聽到堇青的道賀，周文龍露出憨厚的笑容：「康妮她很好，這段時間總是有些嗜睡、容易疲倦，不過胃口很不錯。」

雖然末世環境惡劣，然而新生命的誕生仍是讓人期待，看著周文龍談及妻兒時一副鐵漢柔情的模樣，堇青也不禁露出一個燦爛的笑容。

也是堇青的運氣，她在前往大樓的途中，遇上了正往大樓走去的林景輝與陳家晴二人。

堇青向葉曉明與周文龍眼神示意後，隨即一臉驚喜地走向陳家晴二人：「景輝、家晴，你們也來到S市了？」

看到迎面走來的堇青，陳家晴二人露出些許心虛與慌張。

陳家晴想不到堇青離開隊伍後竟然還能安全來到S市，心裡想著要是對方問到堇嵐的去向，便說他們在旅途中失散好了，反正對方也無法求證。

堇青驚喜又激動地上前抱住陳家晴，陳家晴雖然心裡有些抗拒，但爲免堇青起疑，只得忍耐著讓對方抱住自己。

誰知道下一秒她卻感到腹部被硬物頂著，垂首一看，驚見堇青拿著一把掌心雷，槍口正指著她的腹部。

「堇青姊……」陳家晴嚇得面無血色，張嘴便想要求饒。

「噓。要是妳引起別人注意的話，那妳便沒有當人質的價值，到時候我只得把妳的命留下來了。」堇青一臉笑意地說道，別人看著也只會覺得她與陳家晴的感情很好，誰也猜不到她正威脅著對方的性命。

就在堇青制住了陳家晴的同時，周文龍也同樣制住了林景輝。

葉曉明冷冷命令：「帶我們進去找堇嵐。」

陳家晴二人只得乖乖聽話，領著三人進入大樓。

「堇青姊，我們絕對沒有逼迫小嵐，妳也知道小嵐的性子，她是自願來這裡協助研究的。妳可別胡來……」相較於已經嚇得說不出話的陳家晴，林景輝顯得冷靜得多，甚至還試圖規勸堇青。可惜對於他說的話，堇青是一個字也不相信。

雖然以堇嵐那種爛好人的性格，說她會聖母到犧牲自己來當實驗材料也不是不可能的事情。然而堇青卻更相信林景輝與陳家晴這種自私自利的人，絕對會想把所有好處都抓在手中。再加上堇嵐孤伶伶一人沒有靠山，他們一開始便不會與她商量，而是選擇巧取豪奪。

見堇青完全無視自己，林景輝便不浪費唇舌，閉上了嘴巴不再說話。

大樓裡的人顯然認識林景輝與陳家晴，並沒有阻止他們進入。有了兩人的配合，堇青等人可謂暢通無阻。

他們先來到守衛室，把監視著監控系統的守衛打暈，確保他們短時間內不會被人發現後，才來到了關押堇嵐的地方。

「小嵐！」堇青上下打量著對方的狀況，看到她除了臉色很蒼白以外，身上似乎沒有受到太大的傷，不由得鬆了口氣。她雖然不喜堇嵐的聖母作派，可還是希望對方能夠好好的。

「姊姊？妳怎麼會在這裡!?」堇嵐震驚地睜大雙目，一開始還以爲陳家晴二人用手段把堇青騙來，忍不住著急。後來發現是陳家晴與林景輝受制於堇青他們，這才冷靜下來。

也對，姊姊不像自己那麼愚蠢，又怎會輕易被陳家晴他們所騙？

「自然是來救妳的。小嵐，妳還走得動嗎？」堇青把陳家晴交給了周文龍，上前扶起妹妹。

堇嵐道：「可以，他們只是抽了我一些血與身體組織做研究，我沒有受到太大的傷害。只是每天抽的血有點多，因此我沒有什麼力氣，無法走太快。」

其實也是堇嵐的幸運，畢竟她的能力很稀有，陳偉業不想殺雞取卵，因此進行各種實驗時都很克制。

可現在他們已經抽取堇嵐的血做了不少新藥，再加上有了葉曉明快要研究出病毒疫苗的刺激，有著大量存貨之下，陳偉業便想進一步研究堇嵐的能力，最好可以讓自己也擁有自癒能力。

因此要是堇青這次沒有過來救人，再拖幾天，也許堇嵐已被人切片研究了也說不定。

就在堇青扶著自家妹妹打算離開時，腦海裡傳來了團子的尖聲警告：「小心周文龍！」

此時周文龍控制著陳家晴、葉曉明控制著林景輝，兩人一左一右地站在堇青身後。

聽到團子的警告，堇青雖然看不到身後狀況，但憑著對團子的信任仍是迅速做出反應。她一手把扶著的堇嵐推開，隨即迅速轉身把槍口轉向身後的周文龍，果見他不知何時已放開陳家晴，並把用來威脅對方的槍口指向了葉曉明！

堇青的動作引起周文龍的注意，讓他稍微停頓了下。堇青便當機立斷，毫不猶豫地扣下了扳機！

周文龍中槍倒下，然而他在倒下的瞬間也開槍了。幸好因為堇青反應及時，這槍偏了開去，只擊中葉曉明的肩膀。

林景輝則趁葉曉明受傷之際，成功掙脫了他的束縛，撲向堇嵐想抓她當人質。堇嵐伸手摸往床下，迅速摸出一把尖銳的短刀，用盡力氣插向對方抓著她的手。

林景輝一個不慎被堇嵐的短刀插個正著，堇嵐雖然身上沒有多少力氣，然而這一刀還是成功傷到了他的手，並讓他不敢再靠近。

林景輝知道自己沒時間與堇嵐糾纏了，轉頭便想要跑出房間求救。然而葉曉明即使受傷了也是如同ＢＵＧ般的恐怖存在，不等林景輝跑出房間，便直接把手槍換到左手向他開槍了。

林景輝右腿中彈，頓時倒地不起。這還是葉曉明想要留著他的性命，將來審訊時多一個證人，不然他早就沒命了。

葉曉明大半邊衣服都被鮮血染紅，然而他卻像是沒有感覺般，槍口對準林景輝，冷冷說道：「你再跑，我就不只廢了你的腿。」

林景輝心裡一驚，拉過身旁的陳家晴擋在自己身前，不理會對方無法置信的眼神，叫嚷道：「別殺我！她是陳偉業的女兒，你們抓她更有價值！留著我的命，我會幫忙指證陳偉業的！」

不得不說林景輝到了這種地步還是很冷靜，說出來的話正中葉曉明與堇青兩人的心思。同時也覺得這人夠狠，遇上危險立即拿女友來擋刀，不見絲毫猶豫。

在葉曉明追擊林景輝的時候，堇青已把聯絡王凱東的聯絡器按鈕按了下去。

原本他們的打算，是救出堇嵐以後才讓大部隊進來抓人。不過計畫趕不上變化，誰知道陳偉業竟然收買了周文龍。

在周文龍向葉曉明下殺手的時候，堇青便想到，既然對方是陳偉業的人，那麼自然早就知道他們闖入了大樓，也許陳偉業那邊早就想著要甕中捉鱉。

只是誰也猜不到陳家晴這位市長千金的運氣這麼差，竟然在街上碰到堇青，還被抓來當人質，投鼠忌器下，並沒有在他們進入大樓時便對他們出手。也許是打算看看周文龍能否成功偷襲他們，並救出陳家晴吧？

因此當堇青得知周文龍是陳偉業的人後，便放棄了低調離開的打算，立即通知王凱東領人進來。

很快地，外面便傳來兵荒馬亂的騷動聲，堇青對此置之不理，撕破床單綁住林景輝與陳家晴二人後，便專心爲葉曉明的傷口止血。

看著葉曉明的傷口，堇青心裡不由得有些自責，蹙著眉對自己生悶氣。她覺得自己明明已經知道葉曉明在上一世會在這段時間死去，怎麼在有所警戒下還是讓他受傷呢？

在末世之中，與葉曉明一起前往S市的幾人都是他信任的人。想不到周文龍竟會想要葉曉明的命。如果原主那一世也是周文龍下的手，也難怪以葉曉明的實力與警戒心，最終還是年紀輕輕便喪了命。

信任的人在背後捅刀，遠比敵人下手更加致命。

葉曉明看到菫青自責又心疼的模樣，忍不住愉悅地勾起了嘴角。菫青發現這傢伙竟然受了傷還在笑，生氣地加重了手上的力道。

見葉曉明疼得齜牙咧嘴，頓覺心情一陣舒爽。

剛剛命都快沒了，竟然還笑得出來？

讓你笑？哼！

當王凱東領著人進來時，被葉二少一身血的模樣嚇了一跳。不過更讓他驚悚的，是對方臉上似乎露出了委屈的神情？

不過當葉曉明看到王凱東進來的時候，委屈的神情立即消失，又變回那副陰沉的模樣。

王凱東：「……」

別以爲你變臉的速度快，我便看不見！

你剛剛是故意向菫青示弱吧？

想不到葉曉明你是這樣的葉曉明！

大樓裡除了堇嵐外，還關押著不少異能者。陳偉業試圖利用人體實驗，找出讓普通人也能夠獲得異能的方法。

S市的市長利用活人來當實驗體一事令人譁然，這種作爲實在太惡劣，很快地，市長一派便成爲人人喊打的過街老鼠。

葉家迅速把市長派系的人抓捕起來，這才發現陳偉業已偷偷轉移自己的勢力，早已有離開S市的打算。

經過審訊，陳偉業承認他被葉家打壓，深覺留在S市無法發展，便生出離開S市的念頭。此時他的女兒來到了S市，並帶來堇嵐這個大驚喜。

他利用堇嵐研究出能夠加強對喪屍病毒抵抗力的藥物，有了這藥物當籌碼，便有了到其他地方東山再起的底氣。

偏偏此時卻傳出葉曉明快要研究出喪屍病毒的疫苗。要是有了疫苗，陳偉業的藥便變得什麼也不是，無法再爲他帶來任何利益。因此他才想到在離開S市前，先解決掉葉曉明。

他知道葉家難纏，便想到利用葉曉明的熟人下手。於是便讓人抓走懷孕的曼康妮，逼迫周文龍爲他所用。

曼康妮被葉家派人救了出來，得知周文龍的死訊後傷心欲絕。她雖然明白錯不在葉曉明與堇青，可卻又無法不遷怒於他們，亦不知道該怎樣面對這些殺死她丈夫的人。

葉家也不敢讓曼康妮與葉曉明有所接觸，看在她懷著孩子的份上，葉曉光派人照顧她，直至對方生下孩子後，便會讓她遷到其他工作單位，這樣的安排對雙方都好。

至於堇嵐，被救出以後她要求見堇青一面。

堇青與自家妹妹雖然曾鬧過不愉快，可說白了只是雙方理念不同，又不是有什麼深仇大恨，得知對方的要求後便欣然赴約了。

「姊姊，謝謝妳救了我。另外我也想為先前對妳的誤解而道歉，真的很抱歉。」堇嵐說罷，便向堇青鞠躬賠罪，態度相當誠懇。

自從陳家晴與林景輝露出了他們的猙獰面貌後，堇嵐回想起來，才驚覺姊姊其實一直在試圖保護她。可惜她卻不識好人心，最終落得被抓去當實驗體的下場，這也是自己活該。

「我沒有怪妳。」說罷，見堇嵐仍是一副自責的模樣，堇青安慰她道：「調查人體實驗室的人找到了曾家三口，獲得不少有用的證供。雖然曾家夫婦冷眼看著妳被陳家晴他們迷暈帶走。然而那把藏在床下的小刀，卻是曾小樂偷偷藏到妳身上的，也不枉妳當初堅持要救他性命了。」

堇嵐還是初次知道這件事情，不由得露出訝異的神情。

其實堇嵐並不是像周文龍所說的那樣，是被押著進入大樓的。他們一行人來到S市後，堇嵐喝了一杯陳家晴泡給她的熱茶便被迷昏，迷迷糊糊地被人送到實驗大樓裡。

當她清醒過來後，發現自己已被人關了起來，身上的東西全都被人拿走，卻莫名多了一把小刀。

菫嵐覺得小刀放在身上不安全，便把它藏在床下。那些人都認爲菫嵐跑不掉，也沒有太防著她，因此小刀便一直被她偷藏著。直至菫青他們來到大樓救人，林景輝要抓她當人質時，才派上了用場。

菫青得知那把小刀的出處時也覺得很訝異。想不到都是獲得菫嵐的幫助，可身爲成年人的曾家夫婦卻在對方遇難時冷眼旁觀，反而還只是個孩子的曾小樂，卻願意冒著危險偷偷在菫嵐身上藏了一把保命的小刀。

菫嵐訝異地瞪大雙目，隨即笑道：「小樂是個好孩子。」

菫嵐的笑容一如以往地明亮，被朋友背叛的經歷並未讓這個善良的少女生出陰霾，反倒讓她認知到自身的不足，並且逐漸成長。

看著菫嵐開朗的笑容，菫青也笑開了，心裡還有些安慰。

以後即使沒有我跟在她的身邊，小嵐也應該沒問題了吧？

她們有著不同的路，只希望各自安好。

陳偉業一派的人最終被驅逐出S市，其中罪大惡極、第一線參與人體實驗的人，更是直接丟在喪屍出沒的區域，這些人之中包括了陳偉業、陳家晴與林景輝。

因爲S市高層勢力大清洗，難免人心惶惶。一些其他勢力更是蠢蠢欲動，想趁著S市內亂時分一杯羹，結果某些伸手試探的人被葉家狠狠剁手以後，其他勢力這才驚覺失去了市長一派後，S市的實力反而變得更強了。

不過這也不奇怪，畢竟陳偉業在末世的混亂局勢中只想著爭權，利民的事情興致缺缺，對葉家攔路的事情倒是上竄下跳地幹了不少。現在沒了陳偉業一派的人，S市更加上下一心，實力自然不降反升。

向覬覦S市的勢力狠狠下了一個下馬威以後，葉家便把葉曉明研究出病毒疫苗一事公開，頓時全球震驚，尤其在得知疫苗的處方將無償提供後，更是爲葉家贏來一片讚賞。

葉曉明此舉可說救了全人類，往後全世界的人都要承他的情。葉曉明與當初和他一起研究疫苗的人，他們的名字註定將會記入史冊之中。

葉曉明的傷口雖然流了不少血，然而都是皮外傷，傷勢不算重。當市長一派的人審判結束後，葉曉明的傷已好得差不多了。

在葉家向世界發表疫苗結果的時候，葉曉明這個當事人卻沒有露面。

此時的葉曉明推開了研究室的門，在裡面進行研究的堇青露出了訝異的神情：

「你怎麼會在這裡？」

葉曉明一臉不爽地道：「我覺得妳最近都不愛跟著我了。」

堇青聞言愣了愣。的確，相較於之前她擔心對方會被人刺殺，而隨時隨地都想跟在他身邊的時候，現在她反倒顯得與葉曉明有些疏遠。

堇青聳了聳肩，笑道：「這樣不好嗎？反正我一個報恩的，這不遠不近的距離，才不會打擾到你的生活。」

葉曉明頓時一窒，現在他非常後悔在一開始隱約喜歡上堇青時，沒有明確向少女表示出自己的心情，甚至還總是一副鄙視對方的模樣，這才讓對方抓住這點報復至今。

是的，報復。

葉曉明並不笨，雖然情商有些低，然而堇青都表現得這麼明顯了，他又怎會不知道少女對他的心意？

他知道堇青對他一開始的惡劣態度心有怨懟，葉曉明願意寵著她，讓她把心裡的不滿發洩出來。

到了現在，葉曉明覺得應該已經差不多了，要是他還不把心意挑明說出來，只怕對方反而會生氣，到時候真的把他當「恩人」看待便糟糕了。

葉曉明把手中的東西鄭重交到堇青手上：「這是我研究的第一支成功的疫苗，我想把它送給妳。我希望往後我所有的榮耀也能與妳分享。」

握著葉曉明送的疫苗，堇青心裡感動之餘卻又有些哭笑不得。心想先前送了她一把掌心雷也罷，這次表白送疫苗……也幸好她這個人不著重這些，要是換成別的女生，也許便生氣了。

結果還不等她在心裡吐槽完對方，便見他把一條項鍊掛在她脖子上。

堇青愣了愣，低頭看向葉曉明送給她的項鍊。發現是一個很好看的十字架，線條乾脆俐落，中間鑲嵌著一枚紫藍色的寶石，非常符合堇青的審美。

「這是？」

聽到堇青的詢問，葉曉明解釋：「禮物。」頓了頓，葉曉明又補充了一句：「這是定情信物。」

看到葉曉明的耳朵明顯變紅，再加上對方特意強調「定情信物」時的表情，堇青覺得陰陰沉沉的葉二少也是萌萌噠！

她愉悅地勾起了嘴角，邊把玩著對方送的吊墜，邊問：「你挑堇青石送給我，是因爲我的名字嗎？」

看到葉曉明聞言後愣住的模樣，堇青訝異地詢問：「這枚十字架中間鑲嵌的便是菫青石，你不知道？」

見對方老實地搖了搖頭，菫青驚訝於其中的巧合，感到更好奇了：「那你是怎麼挑中這枚吊墜的？」

葉曉明解釋：「我覺得這枚十字架上的水晶與妳很相襯。」說罷，葉曉明猶豫半晌，續道：「偶爾我會看到妳的眼睛變成了紫色，像這枚水晶那樣，變成一種帶著灰藍色調的美麗紫色。」

菫青先是感到訝異，可很快便釋然了。畢竟他的戀人已經不是第一次看到她眼睛眞正的顏色了，不是嗎？

「所以你在追求我？」菫青甜絲絲地詢問。

葉曉明點頭。

「也虧你想到送項鍊給我，我還以爲你把掌心雷送給我便作罷。」菫青嘆息道。

「……」葉曉明有些心虛，之前他的確是這樣想的。

「那你怎會想到送十字架呢？我又不是教徒，你也不像是信教的人。」堇青好奇地詢問。

葉曉明卻搖了搖頭，道：「不，我是教徒。」

隨即，葉曉明牽起了堇青的手，鄭重又虔誠地道：「妳就是我的信仰。」

尾聲

堇青在這一世學習了不少現代醫學的知識，後來還成爲了葉曉明的搭檔。兩人形影不離，感情非常好。

除了喪屍病毒的疫苗，他們還陸續提出不少震驚世界的發明，爲重新建立秩序的人類社會做出了偉大的貢獻。

當堇青看著年老的葉曉明永遠閉上雙眼後，她的靈魂便離開這個小世界。除了感受到靈魂因偷取了些微天道之力而變得更加凝實以外，更看到點點金色的光點沒入了她的魂魄中。

這個異象讓堇青驚訝得瞪圓了雙目，然而金色光點的出現只是曇花一現。當堇青想再看清楚一些時，那些光點卻已經有一半沒入了她的體內。至於另一半，則向著某個方向飛散而去。

眨眼間，堇青便回到了鏡靈空間，摸了摸靈魂狀態的身體，堇青並未感到絲毫異樣，卻下意識覺得那些金光對她來說是些好東西。

堇青接住撲過來歡迎她的團子，道：「團子，我又看到那些金色光點了！」

現在仔細回想起來，她第一次看到那些光點，是當將軍夫人的那一世。只是那時候光點的數量很少，而且顏色很淡，再加上出現的時間很短暫，因此她並沒有在意，只以爲自己看錯而已。

到上一世當大祭司的時候，堇青在脫離世界時也有看到這些光點。雖然出現的時間依舊短暫，只是光點卻比之前清晰許多，而且數量也變多了，因此堇青總算確定了自己並沒有看錯。

當時堇青看到的光點也像這次一樣，有一半沒入了她的體內，另一半則飛向未知的遠方。那時候堇青便把這事情告知了團子，只是團子也不知道這些光點到底是什麼東西。

還說堇青完成任務後理應只會獲得天道之力，再加上堇青的靈魂與團子有著連結，要是她的魂魄眞的多出了什麼變化，團子斷不會不知道。

因此上一世堇青雖然確定了光點的存在，但一來不知道是什麼，二來團子確定對她沒有影響，她便先把這事情暫且放下了。

想不到這一世她在脫離小世界後，這些金色光點再次出現，同樣地，數量不少，且有一半沒入她體內，另一半飛往他處。

堇青想了想，這些光點都是在近期的三個世界中才出現的。而這三個小世界與之前的任務有著兩個不同的地方：

一，堇青沒有在完成任務後脫離世界，而是在那裡活至終老。

二，她與戀人相知相戀，共渡了一生。

隨即堇青再回憶了下她在那三個世界的經歷，第一個世界，她救了大將軍與太子。第二個世界，她處理了封印之地的魔界裂縫。這一次，她則救了葉曉明的性命，並且讓疫苗順利問世。

再綜合一下光點的數量，會不會……光點代表著她在每個世界所做的好事，就像是類似功德之類？

畢竟第一個世界她救了大將軍與太子，間接把國家引領到更好的方向。到了當大祭司與末世時，她乾脆拯救了世界，因此功德光點也變多了？

至於以前為什麼沒有產生這些光點，是因為她穿越後只顧著任務，任務才完成便立即脫離。因此對於那個小世界來說，她所能帶來的影響微乎其微，自然也沒有所謂的功德光點了吧。

至於光點為什麼會一分為二，飄向其他地方，那自然是因為拯救世界都是她與戀人一起出的力，因此功德光點自然也分給戀人一半了嘛！

這麼一想，便愈想愈覺得像是這麼一回事。

「青青，妳在想什麼？」團子歪了歪頭問道。

堇青回過神來，這才正眼看向團子，發現團子這次是有著小狗垂耳與毛茸茸尾巴的生物：「嗯？你現在又開始走樸實路線了嗎？這是狐狸還是狼的尾巴呀？」

相較於先前混合得頗具魔性的形象，堇青覺得現在團子的模樣真的算樸素了。

至少都是犬科，不是嗎？

團子被轉移了注意力，擺著粗大的尾巴道：「這是狼尾喔！」

堇青的目光隨著尾巴而左右移動，最後忍不住抓住那條毛茸茸的尾巴，手感還真好呀！

「青青，這次妳也是要立即出發嗎？」團子問。

菫青狠狠揉了一下團子漂亮的雪白皮毛，點頭：「嗯，麻煩你了！」

她的戀人還在等著她呢！

再加上剛剛對那些光點的猜測，菫青頓時心癢起來。

也許在下一個世界，她也可以再嘗試一下拯救世界看看？

《炮灰要向上03》完

▲後記

不知不覺二〇一八年又來到尾聲，《炮灰要向上》的故事也來到了第三集啦！

這一次，堇青穿越到末世，變成一個堅毅的短髮女生。當設定堇青的新人設時，我突然想到這似乎是堇青第一個短髮造型呢！

不只《炮灰》，回想以前寫的故事，女主好像都是長髮的女生？

後來再仔細想想，《傭兵公主》的小維在故事開始後不久，爲了方便逃亡而剪短了長髮，女扮男裝……原來我出的第一本商業本，女主角便是短髮的女生了！

不過小維金色長髮的公主裝扮實在太令我印象深刻（那畢竟是我第一本小說的封面啊XD），因此每次想到小維時，我想到的都是她美美的公主裝扮。

希望將來還能夠多寫一些不同類型的角色，特別是帥氣的女生，感覺很有魅力呢！

▲▲▲

現在正值十一月尾，天氣開始冷了起來，被窩變得很有吸引力。要是天氣再冷一些的話，每天只怕需要強大的意志力才能起床吧XD

我是一個怕冷又怕熱的人，尤其香港的夏天又濕又悶熱，即使坐著不動也會出一身汗，身上黏黏的感覺很不舒服。在下雨天的前幾天還會特別悶焗，有種喘不過氣來的感覺。

然而到了天氣變得寒冷的時候，又會覺得敲鍵盤的手指都沒了知覺，手腳長期冰冷，離開被窩都是折磨。

所以我最喜歡清涼乾爽的秋天了，可惜秋天已經要離我而去了啊啊啊！

接下來的內容有些微劇透，不想被劇透的小伙伴請先把故事看完喔！

這一集男主的性格與以往兩個世界有著明顯的差別，大家有沒有感到很意外？雖然有很多東西都是在出生的時候便已經註定，可是後天的影響對於性格的形成也佔了很大的比重。

就像葉曉明，他與陸世勳及安東尼奧明明是同一個靈魂，可因爲成長條件，以及遭遇的事情不同，最終成長爲截然不同的性格。

像陸世勳與安東尼奧，他們一個在將軍府長大，一個在教廷成長，從小都被教導忠君愛國的思想。在他們心中，保護國家是他們的使命，有著爲國爲民征戰沙場的熱血與勇氣。

至於葉曉明，他卻有一個大哥爲他頂起了一片天，可以隨心所欲地過自己的日子。因爲專注於研究，再加上有強大的背景而不須理會別人對他的評價，便養成了不好相處的傲慢性格。後來又因爲被信任的人背叛，而變得陰晴不定。

他們明明是同一個人，可卻又不只是同一個人。

寫出男主每一世的差異，對我來說是滿有趣的事情呢！

不知道在下一世，堇青及她的戀人，又會是怎樣的性格與背景？

敬請大家期待～

香草

炮灰要向上

【下集預告】

在不久的未來，因為光腦與星網的出現，
精神力的強弱直接決定了人們的生活素質。
擁有強韌靈魂的堇青，
這次穿越進入的竟是精神力只有D的網紅，
不只要面對樂譜被好友抄襲的慘烈，
更陷入被愛情渣男盯上的命運！

然而越是悲慘的人生，逆轉起來就越是爽快！
挽回聲望？虐渣男？尋戀人？身為影后的堇青可嫌不夠，
順道成為名留青史的音樂家，也只是剛好～

vol.4〈穿越變成音樂網紅〉 2019年國際書展，敬請期待！

國家圖書館出版品預行編目資料

炮灰要向上 / 香草 著.
——初版. ——台北市：魔豆文化出版：蓋亞文化發行，2018.12
冊；公分.（Fresh；FS163）
ISBN 978-986-96626-5-9（第三冊：平裝）
857.7　　107010430

fresh FS163

炮灰要向上 vol.3

作　　者　香草
插　　畫　天藍
封面設計　克里斯
主　　編　黃致雲
總 編 輯　沈育如
發 行 人　陳常智
出 版 社　魔豆文化有限公司
發　　行　蓋亞文化有限公司
地址：台北市103承德路二段75巷35號1樓
電話：02-2558-5438　傳真：02-2558-5439
電子信箱：gaea@gaeabooks.com.tw
投稿信箱：editor@gaeabooks.com.tw
郵撥帳號 19769541　戶名：蓋亞文化有限公司
法律顧問　宇達經貿法律事務所
總 經 銷　聯合發行股份有限公司
地址：新北市新店區寶橋路二三五巷六弄六號二樓
電話：02-2917-8022　傳真：02-2915-6275
港澳地區　一代匯集
地址：九龍旺角塘尾道64號龍駒企業大廈10樓B&D室
電話：+852-2783-8102　傳真：+852-2396-0050
初版二刷　2020年11月
定　　價　新台幣 199 元
Published and printed in Taiwan

ISBN 978-986-96626-5-9

FS163

炮灰要向上 vol.3

魔豆文化　讀者迴響

感謝您在茫茫書海中選擇了魔豆，您的支持是我們最大的動力。
不要缺席喔，讓我們一起乘著夢想的羽翼，穿越時空遨遊天地！

姓名：	性別：□男□女　出生日期：　年　月　日
聯絡電話：	手機：
學歷：□小學□國中□高中□大學□研究所	職業：
E-mail：	（請正確填寫）
通訊地址：□□□	
本書購自：　縣市　書店	
何處得知本書消息：□逛書店□親友推薦□DM廣告□網路□雜誌報導	
是否購買過魔豆其他書籍：□是，書名：	□否，首次購買
購買本書的動機是：□封面很吸引人□書名取得很讚□喜歡作者□價格便宜□其他	
是否參加過魔豆所舉辦的活動：□有，參加過　場　□無，因為	
喜歡出版社製作什麼樣的贈品：□書卡□文具用品□衣服□作者簽名□海報□無所謂□其他：	
您對本書的意見：◎內容／□滿意□尚可□待改進　◎編輯／□滿意□尚可□待改進　◎封面設計／□滿意□尚可□待改進　◎定價／□滿意□尚可□待改進	
推薦好友，讓他們一起分享出版訊息，享有購書優惠　1.姓名：　e-mail：　2.姓名：　e-mail：	
其他建議：	

◎請沿虛線剪開、對摺、裝訂後寄出

◎請沿虛線剪開、對摺、裝訂後寄出

廣告回信 郵資免付
台北郵局登記證
台北廣字第00675號

TO：魔豆文化有限公司　收

103 台北市承德路二段75巷35號1樓